经 / 典 / 小 / 说 / 坊

一个志怪故事

[德] 歌德等 著
熊小娟等 译

江苏凤凰文艺出版社
JIANGSU PHOENIX LITERATURE AND ART PUBLISHING, LTD

图书在版编目（CIP）

一个志怪故事 /（德）歌德等著；熊小娟等译 . --
南京：江苏凤凰文艺出版社，2018.8（2021.10 重印）
（经典小说坊）
ISBN 978-7-5594-2294-1

Ⅰ . ①一… Ⅱ . ①歌… ②熊… Ⅲ . ①中篇小说 - 小说集 - 世界 Ⅳ . ① I14

中国版本图书馆 CIP 数据核字 (2018) 第 130248 号

书　　名	一个志怪故事
著　　者	（德）歌德等
译　　者	熊小娟等
责任编辑	王　青
出版发行	江苏凤凰文艺出版社
出版社地址	南京市中央路 165 号，邮编：210009
出版社网址	http://www.jswenyi.com
印　　刷	三河市人民印务有限公司
开　　本	880 × 1230 毫米　1/32
印　　张	6
字　　数	210 千字
版　　次	2018 年 8 月第 1 版　2021 年 10 月第 3 次印刷
标准书号	ISBN 978-7-5594-2294-1
定　　价	39.00 元

目　录 | *Contents*

被盗的杆菌　001

［英］赫伯特·乔治·威尔斯

曹卓彧 译

诗人的餐巾　009

［法］阿波利奈尔

梁　璐 译

泄密的心　013

［美］埃德加·爱伦·坡

刘　洋 译

一个志怪故事　019

［德］歌德

熊小娟 译

新帕里斯 025
[德] 歌德
熊小娟 译

蓝宝石十字架 037
[英] 吉・基・切斯特顿
丁 欣 译

隐身人 059
[英] 吉・基・切斯特顿
丁 欣 译

瓶装地狱 079
[日] 梦野久作
沈清清 译

红房子旅馆 089
[法] 巴尔扎克
付 稳 译

吗啡 125
[俄] 米哈伊尔·布尔加科夫
侯昌丽 译

司炉 159
[奥地利] 卡夫卡
马 丹 译

被盗的杆菌

［英］赫伯特·乔治·威尔斯

曹卓彧 译

“这玩意儿，”细菌学家把一块载玻片放在显微镜下，说道，“也是那著名的霍乱杆菌的制剂。”

那位面色苍白的人沿着显微镜往下看。他显然还不适应这玩意，一只手苍白无力地举在没有看显微镜的那只眼睛上，说道：“我并没看见什么。”

“调整一下准焦螺旋，”细菌学家说，“每个人的眼睛都会相差很多，可能你没有找对显微镜的对焦。你往这边或者朝那边，稍微旋转一点。”

“啊！我看见了！”来访者说，“也没什么可看的，一些粉红的小条纹、小斑点。可是那些小分子、小原子，会大量增殖，可能会毁掉整个城市！这太惊人了！”

他站起来，把载玻片从显微镜上松开，捏在手里走向窗户边。他仔细端详着这制剂：“小到几乎看不见。”他停顿了一下，又说，“它们还是——活的？它们现在有危险吗？”

“它们已经被着过色了，也就是，被杀死了，”细菌学家说，“我本人希望，我们可以把宇宙中的所有霍乱杆菌全都着色、杀死。”

“我想，”那个面色苍白的人微笑着说道，“您并不怎么介意，周遭的环境活跃着这种物质吧？”

“恰恰相反，我们被迫要与之共处。”细菌学家说，“这里，比方说，”他穿过这间房，在几支密封好了的小试管中拿起一支。“这里面的病菌是活体，一个真正活跃着的病菌培养体。”他停顿了一下，接着说，“可以说，这是罐装了的霍乱。”

那个苍白的人脸上闪过一丝微弱的满足感。

“你手里掌握的是些致命的玩意儿啊。”他说这话的时候，眼睛几乎要吞噬那支小小的试管。细菌学家观察着这位来访者的表情，品味着一种变态的快感。这个人，在这样一个下午，带着一则老朋友的介绍信来拜访他。让细菌学家感到有趣的是，此人和他那位老朋友性情截然相反。他那细长而柔软的黑发和深灰色的眼睛，憔悴而野性的表情，紧张的行为举止，还有对事物间歇性的强烈兴趣，这些都不同于细菌学家平常所交往的普通科学工作者——他们通常是冷静沉思。不过，当听说到这种致命性的研究课题，听者显然会很敏感，以为它灵验无比，这或许也是人之常情吧。

他把试管拿在手里，若有所思。“对，这就是关押着瘟疫的地方。只要把像这样的一支小试管打破，这种闻不到也尝不出、用最高清晰度的显微镜着色后才能侦测到的微小生命分子，就会进入到饮用水供应中去。对它们说一句：‘去吧，去繁殖，去填满整个蓄水池吧。’于是，死亡——神秘的、难以捉摸的死亡，敏捷而可怕的死亡，充满痛苦与不堪的死亡——就会被释放在这座城市的上空，四散开来，去每个角落寻找它的受害者。它会从妻子的身边带走丈夫，从母亲的身边夺走孩子，让政治家丢掉官职，让劳动者摆脱烦恼。它会沿着下水管道，沿着街道缓慢爬行，四处横行，遇到谁家没有把水煮沸，就乘虚而入施以惩罚。它缓缓流进制造矿泉水的井中，被冲洗进沙拉里，躺在冰块里潜伏起来。它时刻准备着，在马槽里等着牲口来饮，在公共喷泉里等着粗心大意的孩童把它喝下。它会渗入到土壤中，跑到无数个人们意想不到的地方，从泉水和井水中又再冒出来。一旦它在供水系统中启程，我们还来不及包围它、逮住它，它就已经要毁灭这座大都市了。”

他突然停止了说话。人们告诉过他，浮夸的言辞是他的弱点。

“但它在这儿是安全的，你知道，相当安全。”

脸色苍白的人点了点头。他的双眼发光，清了清喉咙，他说：“这些无政府主义的捣蛋鬼们，白痴，盲目的白痴，当这样的玩意儿唾手可得时，他们还去使用炸弹。我想——”

门口传来了一声轻叩，那是手指甲轻触门板的声音，细菌学家去开了门。“停一会儿，亲爱的。”他的妻子低语道。

当他再次走进实验室时，他的访客正看着手表。“我没想到已经浪费了您一个小时的时间，”他说，“现在四点差十二分。我本该三点半就离开这儿的，可您的东西实在是太有趣了。不行，我实在是一会儿也不能多待了，我四点钟有个约会。”

他一再致谢，走出了房间，细菌学家送他到了门口，然后若有所思地经过走廊回到了实验室。他在思考，他这位访客的人种。他肯定不是德意志人或拉丁人。“不管怎样，恐怕他是个病态的家伙，”细菌学家自言自语道，“他看着那些病菌培养体时是多么幸灾乐祸呀!”这时，一个恼人的想法击中了他。他转身走向蒸气浴旁边的长凳，又迅速来到写字台边。紧接着，他匆匆把手伸进口袋摸了摸，又急忙冲向门口。“或许我把它放在了楼下大厅的桌上。”他说。

“米妮!”他用粗哑的嗓音在大厅里喊。

“什么事，亲爱的?”一个轻柔的声音传来。

“亲爱的，我和你说话的时候，就刚才，手里有什么东西吗?”

一阵沉默。

“没有，亲爱的，因为我记得——”

“蓝色毁灭!”细菌学家疾呼，他失控地跑到前门，拾级而下，来到了街上。

米妮听见了狠狠关上门的声音。她惊慌地跑到了窗边。街道上，一名瘦长的男子正要坐上一辆马车。细菌学家没有戴帽子，穿着地毯拖鞋，边跑边冲这伙人做着夸张的手势。拖鞋掉了一只，他也没有停下来把它穿上。“他疯了!”米妮说，“是那可怕的科学让他发疯了。”说着，她打开窗，想要叫住他。那瘦长的男子，突然环顾四周，好像和那细菌学家一样也神经错乱了。他急忙指着那细菌学家，对马夫说了些什么。车门“砰”地关上了，马鞭扬起，马蹄嗒嗒。细菌学家坐在紧随其后的另一辆马车上，奋力追赶。马车在车行道上渐渐缩小，消失在了拐角处。

米妮探出窗外停留了一会儿，然后缩回了屋里。她看得目瞪口呆。“他自然是有些古怪的，”她思忖着，“可在这样的社交旺季——他穿着袜子在伦敦城里乱跑！”

她想到了一个主意，这可真是庆幸。她急忙戴上无檐帽，拎起鞋子，走进大厅，从衣架上取下他的帽子和薄外套，来到门阶上，招来了一辆刚好徐徐驶过这里的马车。“带我沿着这条路往上开，拐过海佛洛克-克里斯特，看看我们能不能找到一位先生在那儿奔跑，他穿着棉绒衣，没戴帽子。”

“棉绒衣，没戴帽子，好的，夫人。”车夫即刻扬鞭，那架势看起来是轻描淡写，就好像他这辈子每天都要驶向这个地址一般。

过了一阵儿，一辆由一匹姜黄色驽马牵着的马车驶过哈弗斯托克-希尔停车处，吓坏了聚集在那儿的一小群车夫和无业游民。

它经过的时候，他们都安静了。而后当它驶远了——“那是哈雷·希斯科。他这是怎么啦？”一个被大家称为老图托尔斯的大块头先生说。

“他在挥动他的鞭子，”一个马童说，“抽得好猛。”

“嘿！”可怜的老汤米·拜尔斯说，“又来一个十足的疯子。他要是没疯，叫我让天雷劈死吧！”

“是老乔治，”老图托尔斯说，“如你所言，他车上载着一个疯子。他该不会从马车上掉下来吧？是不是在追哈雷·希斯科？”

聚集在停车处周围的人群变得活跃起来了。他们组成了“歌队”齐声喊道：“去呀，乔治！”“好一场赛马！”“你会捉到他的！快马加鞭呀！”

“是她，是她在追！”马童说。

“看得我头晕眼花呀！”老图托尔斯叫道。“这儿！我也快要发疯了。又来一辆！难道今早汉普斯特德所有的出租马车都发疯了吗？”

“这回是个女的。”马童说。

“是女的在跟着男的，”老图托尔斯说，“可通常是男的追女的呀”。

“她手里拿着什么？”

“看起来像一顶帽子。”

“十足的一场闹剧呀！三个人，对阵老乔治一个！”马夫男孩说，

“下一个来了！”

米妮在一阵热烈的赞美和呼喊声中驶过。她并不喜欢这样，但她感到她是在尽自己的责任。她沿着哈弗斯托克-希尔，沿着坎登镇的高街继续急驶，两眼始终望向老乔治那晃动不停的背影。老乔治正费解地载着她的“流浪汉”丈夫，离她越来越远。

最前面那辆马车里的人，蜷缩着坐在马车角落里，紧紧抱着胳膊。那个有可能带来巨大毁灭的小试管正攥在他手里。他的心情混合了害怕与狂喜，非常复杂。他主要是怕在达成目标之前被抓住，但在这种心情背后，却是藏着他对自己所犯罪行的一种恐惧，一种虽然模糊却更巨大的恐惧。不过，他的狂喜压倒了他的恐惧——在他之前的无政府主义者们都不曾接近过他的这种构想。哈夫肖尔、瓦杨，以及所有这些过去使他慕名不已的杰出人物，此刻在他面前都缩小到了微不足道。他只要确保找准饮水供应处，然后将小试管打破，让里面的液体流进蓄水池中，就大功告成了。他计划得多么英明！伪造介绍信，混入实验室，并且他又多么英明地抓住了这个机会。他终于要举世闻名了，所有那些曾嘲笑他、冷落他、怠慢他、不屑与他交往的人，最终都得考虑考虑他了。死亡，死亡，死亡！他们总视他为无足轻重的人，全世界都合起伙来压制他。他要教教他们，孤立一个人到底意味着什么。眼前这条熟悉的街道是什么街？圣安德鲁街，当然！这场追逐进行得怎么样了？他把脖子伸出了车外。细菌学家在他后面不到五十码的地方。这可糟糕了——他会被抓住、被阻止的。于是他把手伸进口袋里找了找，摸出了半镑。他把钱从顶篷塞出去，伸到车夫面前。“还有更多，”他喊道，“只要我们能逃离这里。”

钱被从他手中一把抓走了。“好嘞，”车夫说着，把顶篷关上，扬鞭在光亮的马背侧边挥打。马车摇摇晃晃，那个无政府主义者，半蹲着站在顶篷下，把握着小玻璃试管的手靠在车门上保持平衡。此时此刻，他突然感到那易碎的玩意儿裂了——破掉的一半掉在了马车里，发出丁零的声响。他咒骂着跌回了座位，凄惨地盯着车门上残留的那两三滴液体。

他打了一个寒战。

“好吧！看来我将是第一个。呸！无论怎样，我会是一个殉道者。

这也是有点意义的。但这样的死亡，有些不堪。可我还是想知道，这玩意儿是否如他们所言，能够伤害那么多人。”

就在此刻，他萌生了一个念头——他在两脚之间摸索起来。一小滴液体还残留在那破裂的试管底部。为了确认，他把它给喝了，还是确定一下为好。不管怎样，他都万无一失了。

这样一来，他恍然大悟，再没有必要逃脱细菌学家的追赶了。在惠灵顿大街上，他让车夫停车。他滑下踏板，下了马车，头感到昏昏沉沉的。这霍乱病毒真是个速效的玩意儿。他挥手送别了他的车夫，双手抱在胸前，站在人行道上等着细菌学家的到来。他的神情有些悲壮，即将到来的死亡，让他感受到某一种尊严。他用挑衅的笑声迎接他的追逐者。

“无政府主义万岁！我的朋友，你来得太晚了！我已经喝下了它，霍乱已经着陆了!”

细菌学家透过眼镜，从马车上看着他，露出了莫名其妙的笑容。“你喝下了它！你是个无政府主义者！现在我明白了。”他想要再说些什么，却克制住了自己，嘴角挂着一丝微笑。他打开车门，作下车状。无政府主义者见此，挥起了手，戏剧性地向他永别。他向滑铁卢大桥走去，用他那感染了的躯体小心翼翼地去推挤尽可能多的人。细菌学家看着眼前的景象慌神了，因此，当米妮带着他的衣物鞋帽出现在人行道上时，他几乎没有表现出丝毫的惊讶。“太好了，你把我的东西拿来了。”他说着，却仍旧看着那个无政府主义者消逝的身影陷入沉思。

“你最好进车里去，”他说着，仍然盯着那里。米妮完全确信他疯了，于是让车夫送他们回家。“穿上我的鞋？当然，亲爱的，”他说。这时马车开始掉头，遮住了远处那个昂首阔步向前走的黑色小身影。突然，他想起一件怪事，大笑了起来。接着他说：“尽管如此，这事还是确实很严重。”

“你看，那人来到我的屋子来看我。他是一个无政府主义者。不，你可别晕过去，否则我就无法把其余的事告诉你了。我不知道他是个无政府主义者，本想要让他惊讶一下，便拿出了我新研制出来的细菌培养体标本。我跟你说过这玩意儿的，它会在猴子身上蔓延，从而造成蓝色的斑块。像个傻瓜似的，我却跟他说这是亚洲霍乱杆菌。于是他就带着它跑走了，企图用它给伦敦的水源下毒，而且他一定以为他能够感染这座文明城市里的一切。现在他吞下了它。当然，我也无法说出，到底会发生什么，但是你知道，它已经把小猫变成了蓝色的，让三只小狗身上也出了斑块，让麻雀也变成亮蓝色了。不过，困扰我的倒是，要再调配一些的话，又得费事，又得花钱。”

“这么热的天还要穿上外套！因为我们可能招来口舌！亲爱的，那些口舌可不是一阵穿堂风。可我为什么要在这个炎热的日子穿上外套？因为流言——哦！好吧，好吧，穿就穿吧。”

诗人的餐巾

［法］阿波利奈尔

梁　璐译

儒斯丹·普黑郝格是个画家，位于生活的边境、艺术的边缘；他有个共同生活的女伴，还有些经常来看他的诗人朋友。时而这位，时而那位，朋友中总会有一位留在他画室吃晚饭，而画室的天花板上，注定了只会有臭虫而不是繁星。

可是在这些常客中有四位却从未同时出现在这张饭桌旁，他们是：大卫·皮卡尔——来自桑塞尔，和那里的许多人一样，出自一个信奉基督教的犹太家庭；雷奥纳尔·德莱斯——结核病患者，一生为灵感创作呕心沥血，脸上永远带着一副搞笑的神情；乔治·奥斯忒奥勒——他眼神忧虑，沉思的时候像极了站在十字路口思考选择的赫丘利斯；热艾姆·赛恩-菲利克斯——他听说过的故事最多，脑袋可以在肩膀上转圈，就像他的脖子只是用螺丝拧在身体上一样。这四个人的诗都写得棒极了。

饭局在继续，却不曾有人告诉过他们，他们四个诗人正轮番使用着同一条餐巾。

渐渐地，这块餐巾变脏了。

这块滴上菠菜汁的污迹旁是蛋黄渣，那块圆形酒红色的是嘴唇印子，还有那五个灰色的指头印是席间擦手时留下的，一根鱼刺像支长枪一样穿过亚麻的粗织布纹，一颗干巴巴的米粒还粘在餐巾一角，香烟灰让有的地方比其余地方看起来更黑了。

“大卫，这是你的餐巾。”儒斯丹·普黑郝格的女伴说道。

“也该考虑一下买些新餐巾了吧，”儒斯丹·普黑郝格说道，“记下来，等宽裕点的时候去买。”

“大卫，你的餐巾脏了，”儒斯丹·普黑郝格的女伴说道，“下次我给你换一条。这周洗衣工没来。”

“雷奥纳尔，拿着你的餐巾，”儒斯丹·普黑郝格的女伴说道，“你可以把痰吐在煤盒里。你的餐巾脏死了，下次洗衣工把洗干净的东西给我拿来后，我就给你换条干净的。”

“雷奥纳尔，我该给你画一幅你正在吐痰的肖像画，”儒斯丹·普黑郝格说道，“我都想给你刻个雕塑啦。”

“乔治，”儒斯丹·普黑郝格的女伴说道，“每次都给你用同一条餐巾，我都不好意思啦。普黑郝格，我都不知道洗衣工到底在干吗，她还没给我拿来洗干净的床单衣物。”

“我们开始吃吧！”儒斯丹·普黑郝格说。

“热艾姆·赛恩-菲利克斯，我不得不再给你用这条餐巾了，今天我手头没别的餐巾了。”儒斯丹·普黑郝格的女伴说道。

画家在整个用餐过程中，总让诗人转脑袋给他看，讲故事给他听。

几年过去了。

诗人们轮流使用着这条餐巾，而且他们的诗写得还是极其之好。

雷奥纳尔·德莱斯吐起痰来更加夸张滑稽了，而大卫·皮卡尔也开始咳嗽了。

在大卫之后，是乔治·奥斯忒奥勒和热艾姆·赛恩-菲利克斯，但是他们不知道自己是被这条带有病毒的餐巾逐个传染的。

这条餐巾，就像是医院里无人问津的破布，沾着过他们四个诗人咳出的血，而饭局仍在继续。

刚入秋的时候，雷奥纳尔·德莱斯的生命因为咳嗽走到了尽头。而在其他医院里，余下的三个诗人被咳嗽折磨着，如同被欲望折磨着的女人，他们在不久相继去世，身后都留下了美好的诗篇。

人们将他们的死归咎于不羁与常年的夜生活，而不是那块沾染了致命病菌的餐巾，因为仅仅一条餐巾真的能够在这么短暂的时间里杀死四个才华无与伦比的诗人吗？

客人死了，餐巾变得没有用处了。

儒斯丹·普黑郝格的女伴想把它扔掉。

她一边展开这块餐巾，一边想着“真脏啊，它都开始发臭了”。

但是，当它被完全展开的时候，眼前的景象让儒斯丹·普黑郝格的女伴吃了一惊，她喊她男伴来，他不禁惊叹起来：

“这真是个奇迹啊！这块你勤于供给客人使用的脏餐布，因为这些结块的污垢和混杂的颜色，竟然呈现出我们死去朋友大卫·皮卡尔的轮廓来了。”

“可不是嘛！”儒斯丹·普黑郝格的女伴低声说。

两个人不再说话，静静地盯着这幅神奇的画看了一会儿，然后小心地将餐巾翻了过来。

但是当在上面又再次看到雷奥纳尔·德莱斯他那费力咳嗽时好笑又吓人的模样时，两人的脸“刷”地变白了。

餐巾的四个角共同作用呈现出同一个神迹。

儒斯丹·普黑郝格和他的女伴还看到了表情犹豫不决的乔治·奥斯忒奥勒，以及正在讲故事的热艾姆·赛恩-菲利克斯。

“留着这餐巾吧。”儒斯丹·普黑郝格突然说。

餐巾掉落，在地板上展开。

儒斯丹·普黑郝格和他的女伴不停地翻转它，像宇宙中的天体围绕着它们的太阳，而这位“圣女维罗尼卡”[①]，用她的四重目光嘱咐他俩逃离艺术的边境、生活的边缘。

---

① 圣女维罗尼卡，传说耶稣背负十字架走向刑场途中，圣女维罗尼卡曾以手帕为耶稣擦汗，圣容遂留于该手帕上。

泄密的心

[美] 埃德加·爱伦·坡

刘 洋译

没错！神经质——我一直都有非常、非常严重的神经质；可你们为什么要说我疯了呢？这疾病既未摧毁我的知觉，也没有让它们变得迟钝，相反倒更加灵敏，尤其是我的听觉变得异常敏锐。这天地之间的一切声音我都听得一清二楚，我还听到地狱里的很多声音。所以嘛，我怎么会是疯子呢？听好了！我就把整个事情的来龙去脉讲讲清楚，让你们看看我说得如何头头是道，如何平心静气。

很难说我是如何萌生了这个念头，然而它一旦成型，便日夜将我纠缠。说起来倒也没什么目的，也无任何激情可言。我喜欢那个老头，他从未亏待过我，也没有侮辱过我。我对他的钱财并无兴趣。我想是他的眼睛！没错，就是这个！他有着秃鹫般的眼睛——一只泛着淡蓝色的朦胧眼睛。每当它看着我，我的血液立刻变得冰凉。于是，久而久之，我渐渐下定决心，一定要杀了那老头，这样就能永远摆脱那眼神。

这才是关键！你们以为我疯了。疯子们什么都不懂。可你们真该看看我，看我做得有多聪明，多谨慎，瞧瞧我多么深谋远虑，多么不留破绽！就在下手前的那个星期，我对他无比殷勤。每到午夜，我便悄悄拉闩开门——哦，动作真是轻极了！然后，当缝隙大到可以把头伸进去时，我先放进一只黑灯笼，从上到下裹得严严实实，一点光线都露不出来，然后我才探头进去。哦，若是看到那副狡猾样，你们肯定会笑话我！我的动作很慢——非常、非常慢，免得惊了老头的觉。

费了一个小时的工夫，我才把整个脑袋伸进门内，这回才看清他躺在床上。哈！——疯子能有这么聪明吗？然后，当我的头完全伸进屋里，我小心地把灯笼打开——哦，小心极了——小心（因为铰链会吱吱作响）。我只打开一个小口，露出一道微弱的光线照着那只秃鹫般的眼睛。一连七天，我夜夜如此——每次都在午夜——然而那只眼睛总是闭着，弄得我无法下手，毕竟惹了我的不是老头，而是他那只邪恶的眼睛。每天早上天一亮，我就壮着胆子走进他的房间，勇敢地跟他聊天，亲切地唤他的名字，问他晚上睡得是否安稳。所以你看，要是他能料到每晚午夜时分，我都会注视着他熟睡，那可真算是老谋深算了。

到了第八天晚上，我开门时格外小心。钟表的分针动得比我的手还快。在此之前，我从未感受到自己的力量居然如此强大，感到自己如此聪明绝顶。我几乎抑制不住自己的得意。想到自己就在那里，一点点打开门，而他做梦也想不到我的秘密行动和想法。想到这里我不禁窃笑起来；他可能听见了我的声音，在床上突然动了一下，仿佛受了惊。你可能以为我会临阵退缩——但我没这么做。他的房里伸手不见五指（因为惧怕强盗，百叶窗都关得紧紧的），这样我就确定，他不会知道门开了。于是我继续稳稳地、慢慢地把门推开。

我的头进来了，正准备打开灯笼。这时，手指不小心碰到了洋铁门栓，老头从床上腾地坐起来，大叫一声——“是谁？”

我一动不动地站着，一声不吭。整整一个小时，我连一块肌肉都没有抽动，同时也没听到他躺下。他仍然坐在床上倾听着——就像我一样，夜复一夜，倾听着躲在墙壁内注视的死神之声。

没过多久，我听到轻声的呻吟，就知道那是出于极度的恐惧，而非出于痛苦或悲伤——哦，不！——那是不堪恐惧的折磨，从灵魂深处所发出的低吟。我太了解那声音了。多少个夜晚，每到午夜时分，当整个世界进入梦乡，我的胸中就会涌起这样的声音，它带着可怕的回响，那恐惧令我无法集中精神。所以我说我很了解。我很了解老头的感受，对他也十分同情，但我的心中还在偷笑。我知道，自从那晚第一次听到轻响，他翻了个身，就再也没睡着。他的恐惧自此与日俱增。他试图将其视为偶然，然而却做不到。他一直对自己说：“那只不过是烟囱里的风声——只是一只老鼠跑过”，要么就是“只不过是蟋蟀叫而已”。是啊，他一直努力用这些推测来自我安慰。然而那只是徒劳，全部都只是徒劳。因为死亡在悄然逼近之时，已经将自己的阴影投射在他身上，将他全然笼罩。可悲的是，正是这无形的暗影让他感到我的脑袋就在房里——尽管他什么都没看到，什么都没听到。

我耐心地等待了良久，依然没听到他躺下。我决定将灯笼打开一条非常、非常细小的缝隙。我这样做了——你们都想象不出我有多么、多么小心——终于，一道细如蛛丝的微光从缝隙中射出，落在那只秃鹫般的眼睛上。

那只眼睛睁着——睁得大大的——我注视着它，不由得火冒三丈。我看得一清二楚——灰蓝色的眼珠子，上面蒙着一层可恶的迷雾，不禁令我脊柱发凉。可我看不见老头的脸孔或是身体的其他部分，仿佛是本能般的将光线对准了那该死的位置。

而且，我不是说过了嘛，你们所误认为的疯狂只不过是感觉过于敏锐。到了现在，哦，我听到了一种低沉而急促的声音，宛如钟表裹在棉花里发出的声响。我对这个声响也很熟悉，那是老头的心跳声。它让我愈发愤怒，如同擂响的战鼓激发士气。

然而，即便如此，我依然克制着自己，静静地站着。我大气都不敢喘，一动不动地举着灯笼，看自己能将那射向眼睛的光线打得多稳。与此同时，那可怕的心跳声仍在加剧。它越来越急促，越来越响亮。老头肯定已经恐惧到了极点！那声音越来越响。哦，每过一刻，都愈发响亮！你们听清楚了吗？我告诉你们，我是个神经质，的确如此。夜深人静之时，在这间可怕的老房子里，如此怪异的声音让我的恐惧无法抑制。然而，我又忍了几分钟没动。但那心跳声越来越响，越来越响！我以为它就要爆炸了！此时，我被一种新的焦虑感占据——这声音可能会被邻居听到！老头的死期到了！我大叫一声，一把将灯笼扯开，蹦进屋里。他尖叫了一声——只有一声。我立刻把他拖到地上，拖过沉重的床铺将他盖住。然后我开心地笑笑，大功告成。可是，在接下来的几分钟里，那颗心脏却依旧沉闷地跳动着。然而我并没有为此烦恼，隔着墙，没人听得到。终于，它停了下来。老头死了，我将床铺搬开，检查尸体。没错，他已经完完全全死了。我将手在他的心脏上放了许久。它已经停止了跳动。他死得像石头一样，他的眼睛再也不会让我心烦了。

如果你还是觉得我疯，待我讲完自己是如何巧妙地将尸体掩藏，你就不会这么想了。夜色渐退，我匆忙地干着活儿，但是没出声。我先将尸体肢解，将脑袋、胳膊和腿切下来。

接着，我撬起三块木地板，把所有的尸块全部塞进去，然后将板子重新铺好。我铺得那么聪明，那么灵巧，任何人的眼睛——即使是那死老头的——也看不出丝毫破绽。屋里没有留下任何污痕，也没有一点血迹，所以无需清洗。我下手十分谨慎，全都接在一个浴盆里了——哈！哈！

等我把活儿干完，已经是凌晨四点——天色依旧一片漆黑，形同午夜。就在四点的钟声敲响时，大门上传来一阵敲击声。我怀着轻松的心情下楼开门——现在还有什么可怕的？门外进来三个男人，非常和蔼地做了自我介绍，他们是警察。隔壁一位邻居夜里听到一声尖叫，所以怀疑有人为非作歹，于是便到警局报了案。而他们（这三位警官）则奉命来此搜查。

我笑了——有什么可怕的？我向他们表示欢迎，并说是因为自己做梦才发出那声尖叫。我还提到老头子，说他回乡下去了。我带着客人走遍整栋房子，请他们搜查——仔仔细细地搜查。最终，我带他们来到老头的房间。我拿出他的财宝让警察看：全都完好无损，丝毫没动。由于过于自信，我一激动，便搬来几把椅子到房间里，让他们坐下歇息。我得意忘形，居然将自己的椅子摆在隐藏尸体处的正上方。

几位警官十分满意。我的举止态度没有引起疑心，我异常镇定，有问必答。于是他们便闲聊起来。可是没过多久，我感到自己的脸色开始发白，并且希望他们赶快离开；我感到头疼，耳朵里听见声响。然而他们依旧坐着聊天。耳朵里的声音越来越清晰——它持续不断地响着，越来越清楚。我更加卖力地说话，想驱散这种感觉。然而它还在持续，而且越来越清晰。终于，我发现那声音并非从我耳中传来。

我的脸现在想必是一片惨白——然而说话却愈发流利，嗓门也提高了。可是那声音却更响了——我能怎么办？那是一种低沉、单调又十分急促的声音——很像是钟表裹在棉花里发出的声音。我喘着粗气——然而警察却没听到。我越说越快——语气越来越激烈，然而那声音却只增不减。我站起来，双手使劲地比比划划，厉声讨论着一些无关紧要的事情，可是那声音却一直在增强。为什么他们还不走？我步履沉重地在地上走来走去，仿佛被他们的言辞所触怒——可是那声音却一直越来越响。上帝啊！我能怎么办啊！我口吐白沫，我胡言乱语，我恶语咒骂！我挥动自己所坐的那把椅子，将它在地板上摩擦着，然而那声音还是高过一切，而且不断变强。它越来越响，越来越响，越来越响！那几个警察依旧聊得兴致勃勃，满脸微笑。难道他们没听到？万能的主啊！——不，不！他们听到了！——他们有所怀疑！——他们知道了！——他们在嘲笑我的恐惧！——我以前这样想，现在也这样想！然而什么都好过这种折磨！什么都比这种嘲笑更容易忍受！我已经对这种虚伪的笑容忍无可忍！我感到自己必须要大叫一声，或者干脆死了算了！就在这时——又来了——听啊！它更响了！更响了！更响了！更响了!!

“你们这帮坏东西!”我尖叫道，“别再装了！我承认！——把地板翘起来！在这儿，就在这儿！——他那颗该死的心跳个不停!”

一个志怪故事

[德] 歌德

熊小娟 译

我的朋友是一位正直的贵族绅士，他与他庞大的家族住在一个旧城堡里。这个城堡收养了一个孤儿。这个孤儿长到十四岁的时候，她的主要工作就是伺候家里的夫人，替夫人做最亲近的工作。她除了用她的专注与忠诚来表达她对恩人们的感激之外，别无他求，所有人对她都非常满意。因为她在城堡里受过良好的教育，吸引了许多爱慕者慕名而来；但城堡里的人并不认为她想通过与其中的任何一位结婚来获得幸福，而她本人也完全没有想改变现状的任何意愿。

不可思议的事情就这样发生了：一天，这个姑娘在房间里做事、走动时，屋子里的人听到了她脚下发出的叩击地板的声音，最开始的时候看起来似乎是出于偶然，但是叩击声一直不停歇，几乎她每走一步都会发出这种声响。她非常害怕，不敢离开夫人的房间，她感觉自己只有呆在那间房里，才能获得宁静。

每个和她同行的人或者是她附近的人都能听到这种叩击声。开始的时候，人们还拿这事开玩笑，但到了最后，大家对此都感到非常不舒服，心里充满了惊悸。为了解除人们心中的疑虑，天性活跃的城堡主人开始着手调查这件事。他发现，只有当姑娘行走的时候，人们才能听到这声音，但不是在她放下脚的时候，而是在她提起脚正欲迈出下一步之时，但叩击声并不规律，尤其是在她穿过一个非常大的大厅的时候，叩击的声音会特别的响。

有一天，城堡主人召集了很多手工业者在附近，这时姑娘脚下的叩击声变得异常响亮。等她一离开房间，城堡主人立刻下令把地板撬开，结果除了几个大老鼠以外，什么也没有找着，倒是在大家合力捕捉老鼠的时候，制造出了很多噪音。

这件事情以及它带来的困惑激怒了城堡主人，他从墙上取下他的狩猎鞭发誓如果再出现一次叩击声，这个女孩将会接受最严厉的惩罚，受鞭笞至死。从那以后，女孩在屋子里走动的时候，步态之间看不出任何的诱惑，人们也再没有听到过以前那种叩击声。

*

故事讲到这儿，露易斯插话道："显而易见，这女孩自己就是那个鬼怪，她出于某种原因从中获取乐趣，并且非常娴熟地控制了它。"

"不可能。"弗兰茨坚定地回答道，"有些人觉得这是某个鬼魂起了作用，他们认为这个守护鬼魂虽然想得到城堡里的那个女孩，但是却不希望给她带来痛苦。还有一些人认为，是她的某个追求者利用某种知识或者技巧来制造这种声音，从而强迫城堡里的女孩投入他的怀抱。正如这个追求者所期望的那样，女孩因为这些叩击声的困扰，变得憔悴不堪，全身上下散发出非常悲伤的气息。而在以前，她总是非常活泼、快乐，在整个城堡间穿梭，充满了青春的气息，为大家带来生机和活力。但是我不认同这些人的观念，你们应该知道，一个人身体消瘦是有无数的可能原因的。"

卡尔说道："很遗憾，人们不能准确调查这种事情。在大家都非常感兴趣的事情上，人们的评判总是会在不同的可能性之间摇摆不定。而当这种奇特的情况出现时，人们不会把关注的目光投到所有的方面。"

一位老者若有所思地说道："如果事情有那么简单，可以在同样的事情再次发生的那一刻，能够让一切都保持原样，既知道怎么抓住关键点，不漏掉任何一个细节，也知道哪些地方可能存在欺骗和疏忽。那是不是人们就真的可以非常容易地识破这种把戏，知道是谁愚弄了我们呢？"

老者的话还没有说完，就听到房间的角落里突然响起猛烈的爆裂声。所有人都惊得站了起来。卡尔戏谑地说道："这不会是一个死去的倾慕者发出来的声音吧。"

当看到露易斯那张变得越来越苍白的脸时，卡尔多想收回自己刚刚说的那句话。露易斯承认，她很为她未婚夫的生命担心。

为了排解露易斯的忧虑，弗兰茨提着灯走向角落里的书桌，发现书桌的拱形桌面已经完全碎裂，大家这才明白刚才爆裂声的来源。尽管如此，大家还是注意到了，这个书桌是伦琴的最佳作品，经常被当成卓越的、耐用的书桌榜样被称赞和展示，它已经在这个位置呆了很多年了。但是现在，在没有任何征兆和变化的情况下，它就这么突然碎裂了，猝不及防。

卡尔急切地说道：“快，让我们看看气压计来纠正这个情况。”

水银的位置和前几天一模一样，温度计也没有比正常的日夜温差降得更多。

卡尔叫道：“很遗憾我们没有湿度计，可能这个湿度计就是最能派得上用场的工具了!”

长者说道：“好像我们在尝试处理鬼怪问题上总是缺少最需要的工具。”

他们的观察和讨论因仆人的匆忙闯入而中断了，仆人报告道：“天空中可以看到很强的火势，但是不知道是在城里还是郊外。”

因为之前发生的事，人们已经对惊吓很敏感了，现在变得更加敏感，害怕还会发生什么与这个消息相关的事。弗兰茨很快冲到了房子的观景台，那里有一块巨大的圆盘，上面详细地刻下了整个州的地图。在它的帮助下，就算是夜晚，也能很确切地了解不同地点和方位。

弗兰茨返回房间，对充满了担心与激动的其他几个人说道：“我没有带来什么好消息，很明显，发生大火的地点不是在城里，而是我姑姑的庄园。我对这个方向太熟悉了，绝对不会弄错。”听了弗兰茨的话后，大家对那些美丽建筑物的消失，以及由此带来的不可估量的损失感到非常遗憾。

弗兰茨说道：“在这期间，我有一个很奇妙的想法，这种想法也许可以在一定程度上让我们从书桌预示的特别征兆里得到那么一点点安慰。不管你们觉得好笑或者不好笑，我都要给你们讲讲我的推想。你们知道吗？我母亲早在很多年前就送了一个很相似，也可以说完全一样的书桌给我的姑姑，两张书桌都是同一时期用同样的木材，经同一个工匠细心打造而成。迄今为止，两张书桌都被妥善保管着。我敢打赌，在这一刻，我姑姑家楼台里的那张书桌也同样燃起来了，因为它的双胞兄弟也遭受了同样的命运。我想明天动身，亲自去确认一下这奇怪的事实。”

弗里德里希（弗兰茨还是弗里德里希?）是真的相信这个观点，还是出于希望安慰他妹妹而想到这个点子的，在这里我们不想做评判。他们开始表达对这个事件的同情，非常明显，他们的同情都给了来自同一棵树的木材，来自同一个木匠手里的物件。他们一致认为，就像其他经常重复的、我们可以看得见摸得着但却无法解释的事情一样，他们今天遇到的事情完全可以归于自然现象。

卡尔说道：“完全对，我认为这样的现象都非常有趣。谁想去解释它，或者和其他事件联系起来，完全是为了找乐子，为了消遣我们。比如说，自然研究者和历史撰写者。一件事情有趣，并不是因为它的可解释性或者是显而易见，而是因为它的真实。如果将近午夜的时候，火苗把姑姑的书桌烧成灰烬，那么在同一时间，我们书桌的碎裂就是一个真实的事件，它完全可以解释并且有关联性。”

虽然夜已深，但谁也不想上床睡觉，卡尔自告奋勇地开始给他们讲另一个故事。尽管这个故事也许会更容易被解读，但卡尔说这个故事绝对不会比之前的故事逊色。

新帕里斯[1]

［德］歌德

熊小娟 译

① 帕里斯：帕里斯是特洛伊国王普里阿摩斯及王后赫卡柏的次子，与神有着“金苹果之约”，赢得了全希腊最美丽女人海伦的爱情，却也毁灭了自己和邦国。

圣灵降临节的前夜，我做了一个梦，梦里我站在镜子前整理父母特地给我定做的节日盛装。正如你知道的那样，这套服装包括一双色泽光亮带有大银扣的皮鞋，精致的棉长袜，黑色的优质丝棉内衣，绣着金色花纹的绿色柏尼坎呢外衣。丝绒背心取材于我父亲当年做新郎时穿的背心。我做好了发型，撒上了香粉，头上的发卷就像一只只小鸟一样精神。但是我总是不能完成着装，因为我总是把衣服弄混。当我准备穿第二件衣服的时候，穿在身上的第一件却又滑了下来。在这种尴尬的情况下，一个漂亮的年轻男人走到我面前，很友好地和我打了个招呼。

“非常欢迎您！”我说，“很开心在这里见到您。”

“您认识我？”这个男子笑着问我。

“怎么会不认识您呢？”我也同样笑着回答他，“您是墨丘利[①]，我经常看到您的画像。”

“对的，我就是。”他说，“我奉神谕给你传达一个非常重要的任务，你看到这三个苹果了吗？”——他把手伸过来，向我展示了三个苹果，苹果很大，他的手几乎抓不住这三个苹果。苹果非常漂亮，一个是红色的，一个是黄色的，还有一个是绿色的。它们应该被视作宝石，虽然它们只得到了水果的外形。我想去接住它们，但是他却把它

---

① 墨丘利，罗马神话中的商业神。

们收了回去，说：“你必须要知道，这些苹果不是给你的。你得把它给城里最英俊的小伙子。这三个小伙子应该追寻自己的命运，找到他们梦想的妻子。拿去吧，做好你的事吧！”最后他边说边把苹果放到我的手里。苹果在我手里好像变得更大了。我把它们举起来对着阳光一看，发现它们竟是透明的。这时它们突然向上拉长，变成了三个和布娃娃一样大小的漂亮女人，她们衣服的颜色和之前苹果的颜色是一样的。她们在我的手指上温柔地滑动，我想抓住她们，哪怕只抓住一个也好，但是她们却飘到了更高更远的地方，最后我一个也没抓住，只有眼睁睁地看着。我呆若木鸡地站在那里，把手伸到空中打量着我的指头，就好像我还可以在我的手上看到什么东西一样。就在这时，我突然看到在我的指尖上有一个非常可爱的姑娘在翩然起舞。她虽比刚才那几个要娇小，但是却相当美丽活泼。因为她不像其他三个一样飞走，而是停留下来，不停地从这根手指头跳到那根手指头上。她太惹人喜爱了，我就这样惊奇地看了她很长时间。正当我以为自己足够灵活，可以抓住她时，我感到头上挨了一棒，一阵眩晕，立刻倒下。我晕得厉害，直到必须穿上衣服去教堂的时候，才醒过来。

在我做礼拜的时候，甚至是在祖父母家的餐桌上吃饭的时候，我的脑子里总是不断地重复着那些画面。下午的时候，我想去拜访几个朋友，一方面我想让他们看到我穿着新衣服，帽子放在手臂下，手边配着宝剑的样子，另一方面我也应该去拜访他们了。我发现没人在家。听说他们到花园里去了，我也朝着花园的方向走去，打算跟他们一起度过一个愉快的夜晚。我走的那条路把我带到一个回廊，一个可以叫做“恐怖围墙”的地方，因为这里很阴森。我慢慢地边走边想着我的三个女神，特别是那个小仙女。我时不时把我的手指放在空中照照，希望她又在我的手上翩翩起舞。我边想边往前走，直到我发现我的左手边的墙上有一扇门，我记得我从来没有见过这样一扇门。这门看起来很低，但是它的门拱却可以供最高的人通过。门拱和门面都是出自最优秀的石匠和雕刻家之手，但这门本身已经吸引了我的注意力。古老的棕色木材，极其简约的装饰，钉上了很宽阔的、带有浮雕和镂刻的青铜铰链。叶形浮雕上面的鸟儿活灵活现，令人惊叹。不过最让我诧异的是，门没有锁孔，没有把手，也没有门环。于是我猜测，这门也许只能从里面打开。我果然没有猜错，因为当我上前触摸门的装饰物时，门突然从里面打开了。一个男子出现在门里边，他的衣着又长又宽松，看起来很怪异，他的下巴上长着浓密的胡子，我忍不住猜测他可能是一个犹太人。他好像看透了我的想法，在胸前划了一个虔诚的十字，以此来告诉我，他是一个虔诚的天主教徒。

“年轻的先生，你怎么到这里来的？你来这里干什么呢？”他友好地问道。

“我很惊叹这扇门的做工，”我回答道，“因为我从来没有见过这样精致的门，这肯定是一个艺术收藏家的一个小收藏吧。”

“我很高兴你喜欢这样的门，”他说，“门的里面更漂亮，如果你喜欢的话就进来吧。”守门人衣着奇怪，这个地段又如此偏僻，使我感觉有点不安。我不知道空气里面弥漫着什么，酝酿着什么，有一种说不出来的压抑。

我以想再多看看外面为借口又在门外逗留了一阵，偷偷地看了一下展现在我面前的花园。在门的后面，我看到了一个长满了树木的大广场，古老的菩提树规则地排列着，它们浓密的枝桠交叉覆盖着，就算是一大群人都可以同时在它们下面乘凉。我已经踏上门槛了，这个老人知道怎么来引诱我的脚步往前走。我本来也不抗拒，因为我不知道什么时候曾经听过一句话，王子和国王在这种情况下是不需要询问是否会有危险的。尽管如此，我还是把我的宝剑紧紧放在手边，脑子里想着，如果这个老人对我表现出敌意，我应该是能够对付得了他的。于是我很放心地走进去了，守门人把门轻轻关上，轻到我几乎听不到关门的声音。

现在他向我展示了门内的世界，那是更高明的艺术品。他把它们一一展现在我面前，来表达对我特别的好感。

现在我完全放下心来。圆形的围墙旁边绿树成荫，我顺着围墙前行，经常会发现墙上有一些非常有趣的东西，有贝壳、珊瑚和金属装饰的壁龛；在大理石雕成的众多水池中，有半人鱼形状的喷泉，喷泉的水就是从鱼嘴里喷出来的；水池与水池之间安装了鸟舍和其他栅栏，松鼠会在栅栏上跳跃，豚鼠也可以在其中追逐嬉戏。我们往前走的时候，鸟儿一直在我们周围欢唱，椋鸟叽叽喳喳叫得特别欢，其中一个一直在叫："帕里斯，帕里斯"，另外一个叫着："那喀索斯，那喀索斯"[1]，它们叫得就像学生读书一样清晰。当小鸟叫这些名字的时候，老人总是严肃地看着我。虽然我也注意到了，但是我确实没有时间去注意他的举动，因为我突然发现这个绿树成荫的空间其实是一个很大的圆，外面的圆包围着里面的圆。所以我们一直往前走，就回到了那扇门前。老人好像要让我出去的样子，这时我的眼睛却被一个金色的栅栏吸引了。这个栅栏把园子的正中央围住。我们在刚才行走的过程中，虽然这个老人总是刻意让我沿着围墙远离花园的中心，但是我还是有足够的机会看到这个花园的中央。在他朝门口走去的时候，我鞠着躬对他说："您对我真是太好了，我还想再斗胆提出一个请求，在我离开这里之前，是否可以让我近距离观看一下中间那个似乎是包围着花园中心的金色栅栏？"

"非常乐意，"他回答道，"但是您必须要答应我几个条件"。

"什么条件？"我急忙问道。

"您必须把您的帽子和剑放在这里，我陪同的时候一定不要放开我的手。"

"非常乐意！"我答道。我把帽子和剑放在第一张最好的石凳上。他用他的右手紧紧抓住我的左手，非常用力地牵着我前进。

当我们走到栅栏近旁的时候，我的惊奇变成了惊异，这样的场景我从来没有见过。在一个高高的底座上插满了无数依次排开的矛和戟，它们的顶端通过特别的装饰品连接成一个整的圈。我通过它们之间的间隙看到了后面缓缓流动的水渠，水渠两侧由大理石筑成堤坝。透过清澈的水，我可以看到大量金色和银色的鱼，鱼儿时快时慢，一会儿成群结队，一会儿形单影只地到处游着。为了了解花园中心是怎么构成的，我非常想去探究一下水渠另外一边的模样。这时候我很痛苦地发现，水渠的另外一面同样被一个栅栏围着，它们的布局非常有艺术，我在这边能看到的空隙，刚好被对面的矛或者戟挡住，再加上其他的装饰物，根本就不可能看过去。我非常想更近一点观察，但是

---

① 那喀索斯是希腊神话中的神，因为爱恋自己在水中的影子而憔悴致死的美少年，死后化为水仙花。代表自恋的人。

老人阻止了我，他一直牢牢地把我抓住，让我无法自由行动。我的好奇心在我看到了这些之后越来越强烈。于是我下定决心问这个老人："我是否可以跨过去?""为什么不可以?"他回答我，"但是有新的条件。"我问什么条件，他说我必须要换衣服。我非常满意这个条件。他把我带回到围墙边上的一个小小的、干净的大厅，大厅的墙上挂了许多看起来很具东方风格的服装。我快速换上衣服，惊恐地看着他用力把我头上的香粉拍掉，然后把我头发掠整齐后给我戴上了一个彩色的发网。我觉得变装后的我特别好看，甚至比之前穿的节日服装更讨我的欢心。我做了几个手势和动作，这些动作是我曾经在大集市里看到过的舞蹈演员做过的。这时我突然从镜子里看到了我后面的壁龛。它白色的基石上有三根绿色的小绳子，每根绳子的织法都不一样，我站得太远了看不清楚。我急忙转过身去，问了老人关于壁龛和绳子的事。他非常乐意地取下了绳子给我看。这是一根用绿色丝绸做成的十分结实的绳子，两端都用双层绿色皮革紧紧捆住。看起来，这绳子的用途大家都不会喜闻乐见。我觉得很可疑，于是问老人这绳子有什么意义。他镇定地回答道："如果有谁言而无信，他会被送到这里来。"他把绳子放回原处，并且马上要求我跟上他。这次他没有再抓住我，而是让我自如地走在他旁边。

我强烈的好奇心此时更加膨胀，我琢磨着哪里可能会有门或者是能够穿过栅栏到达我看到的那条水渠呢，因为我到现在都没有看出来。也正是这个原因，我在朝着金色栅栏走的时候，观察得非常仔细。突然面前一切都变了，在我完全没有料到的情况下，所有的矛和戟都开始摇晃，到最后所有的武器都尖对尖往下沉，就像古代两军交战时准备相互攻击时的阵势。映入眼前的混乱和灌进耳里的刺耳的咣咣当当的声音几乎让我崩溃，但是最后它们全部倒下，盖住了整个水渠，形成了一座非常壮丽的桥。你可以想象这座桥有多壮丽，因为它通向的是一个五彩缤纷的大花园。各个相互交错的花坛组成了一个精心装饰的迷宫，所有花坛都被我从未见过的一种低矮又茸密的植被镶上了绿色的边，花坛里的花颜色各异，同样也长得比较低矮，贴近地面，这样它们组成的美丽图案就很容易展现在人们面前。我在明媚的阳光下尽情地欣赏着如此珍贵的美景，眼睛完全不能从它们身上移开。但是我却不知道我的脚该放在何处，因为脚下蜿蜒的路全是由精细的蓝色沙石铺成，这些蓝色沙石就像是在地上打造的一片蓝色天空，或者天空在水中的倒影。我眼睛看着地面，默默地走在我的向导旁边，直到我注意到，花园的中央长着一圈柏树或者类似杨树的树木，最低的那些树枝连着地面，像是从土里长出来的一样，我觉得我们完全不可能穿过这些树。这时候我的向导不是带我去找旁边最近的路，而是引着我径直走向了那圈树的中央。当我走进那圈参天大树时，我震惊了，呈现在我面前的是一座奢华的花园别墅的柱厅，这栋花园别墅的其他几面好像也有同样的景致和入口。这时候从屋子里传出来阵阵美妙的音乐声，如此美妙动听的音乐甚至比这美丽的建筑更让我着迷。我一会儿听到琉琴的演奏声，一会儿听到竖琴的演奏声，一会儿是齐特尔琴的演奏声，一会儿又听到有人在用不知道是什么乐器胡乱弹奏的声音，这乐器绝不是前面三种乐器中的一种。老人轻轻一点，我们面前的门就打开了。更让我惊讶的是，从屋子里走出来的看门人竟然是在我梦中指尖上跳舞的娇小可爱的姑娘！她和我打招呼的方式，就像我们是熟人一样，然后她把我请进屋内，老人留在外面。我跟着她，穿过装饰华丽的拱形过道，来到了中心大厅。我一进入大厅，就完全被它宏伟的教堂式的高度吸引和震惊。我的目光不可能一直停留在那里，因为还有更精彩的表演吸引着我呢。穹顶的正下方有一块地毯，三个分别穿着红、黄、绿色衣服的女子在地毯上对坐成三角形。她们的座椅闪着金光，地毯就像美丽花坛一样。她们怀里的乐器我在外面的时候就已经听出来了。因为我的到来，她们中止了奏乐。

“我们欢迎您的到来！”中间面对门的、穿着红色衣服、抱着竖琴的女子说，“如果您喜好音乐的话，请您坐下，静静聆听吧。”这时我才发现下面横放着一张小长凳，凳子上面放着一个曼陀林。那个引我进来的娇俏的姑娘把它拿起来，坐下，并把我拉到了她旁边。

现在我开始打量我右手边的那个女子：她穿着黄色的衣服，手里拿着齐特尔。如果说那个竖琴演奏者体态优美、面容姣好、仪态万方的话，这个齐特尔演奏者则是活泼开朗，妩媚动人。她是一个身材苗条的金发女郎，而竖琴演奏者有一头深棕色的秀发。尽管她们的音乐音色多样，和谐动听，我的目光还是忍不住落在了穿着绿色衣服的女子身上。她的琉特琴声对我来说尤其动人，深入我心。三人之中她对我的关注最多，她似乎是为我而演奏，但是我无法揣测她的内心，因为她的表情和曲调发生变化的时候，她看我的目光也随之而变，时而充满深情，时而奇特怪异，时而又坦诚直率，时而却又固执倔强，就好像她一会儿想吸引我打动我，一会儿又想愚弄我嘲笑我一样。她随自己的心意做自己的事，但是却不能赢得我的心——因为坐在我旁边的姑娘已经完完全全俘获了我的心。如果我完全把她们三个看作是我梦中的、由三只苹果变成的不同颜色的仙女的话，那么我就会知道，我完全没有理由拥有她们。我更愿意抓住我旁边这个小姑娘，假如我记不起她在梦中对我当头一击的话。直到那三个女子停止了演奏，命令她表演几段轻松欢快的段子助乐之前，她一直拿着她的曼陀林安静地坐在我旁边。她演奏完几支欢快的舞曲后，马上一跃而起，我也同样跳了起来。她一边演奏一边跳舞，我被深深地吸引住，也情不自禁地跟随着她的脚步跳了起来。我们跳的是一种小芭蕾舞，其他三个女子对我们的舞蹈似乎非常满意，因为我们刚跳完，她们就吩咐这个小姑娘在晚餐之前为我准备一些佳肴供我恢复精神。当时我完全忘记了世界上除了这个乐园还有其他事物存在。这个小机灵马上把我带到了我们来时的过道，过道旁边有两间装修得特别好的房间。我们来到她住的那间，她给我端来了橙子、无花果、桃子和葡萄，我不仅美美地享用了异域水果，而且还吃上了下个月才能上市的水果，此外还有大量的糖果。她用一个晶莹剔透的水晶高脚杯为我斟满了起着泡沫的葡萄酒，但是我已经不能再喝了，因为那些水果已经足够让我恢复精神了。

“现在我们来玩游戏吧。”她边说边把我带到旁边的房间内。

这里就像一个圣诞市场，但是这些如此精致贵重的东西，是我在任何一个圣诞市场的店里都不可能看到的。这里有各种各样的洋娃娃、洋娃娃的衣服、洋娃娃的用具、厨房、起居室、小店等其他玩具。她带我参观所有的玻璃展柜，这些展柜是用来收纳这些美丽的艺术品的。她很快把第一个展柜锁了起来，说：“我知道这不适合你，来，看这里。”她说：“我们可以找到建设一个大城市所需的各种建筑材料、围墙、塔楼、房屋、宫殿、教堂等等，但是我却对这个不是很感兴趣，我们找一个你和我都比较喜欢玩的吧。”

她把我带到几个箱子前，里面层层叠叠地放着一个小小的军队。我必须得承认，我从来没有见过这么漂亮的小东西，但是她没有给我时间让我仔细地近距离地观看，就直接取出其中一箱夹在腋下，我则提起另外一个箱子。

“我们去金色大桥吧！”她说，“那里是玩战争游戏的最佳位置，矛和戟可以像两军对垒时那样摆放。”

我们到了金色大桥，我跪下设置我的战线的时候，听到了下面的水流声和鱼儿的戏水声。现在我看到我的部队全是骑兵。她很自豪，因为她的女兵的头领是亚马逊族的女皇，我的则是希腊国家战神阿喀琉斯。两军部队对峙而立，非常壮观。这些士兵可不是常见的那种扁扁平平的铅制品，而是丰满的、立体的、做工非常细致的兵和马。我完全不知道他们是怎么掌握平衡的，因为他们完全没有底板支撑就稳稳地站着。

当她向我发出进攻令之时，我们两个都非常满意地审视了各自的部队。我们也从箱子里找出了炮弹，其实它们只是一盒光滑的玛瑙球。我们用这些球在规定的距离内开战。不过我们有约在先，投弹的时候不能太过用力，力道最多只能把士兵打翻，但是不能对它们造成损坏。我们开始交战，并连续炮击，刚开始时我们都对战争的进程感到满意。但后来我的对手发现，我的命中率比她高，并且根据剩下站立士兵越多的一方获胜的规则，她可能会输掉这场战争。于是她违规向前移动了位置，这样就算她很娇弱，也能在投击中获得理想的战果。她把我的士兵打翻在地，我越抗议，她打得越厉害。

她的行为惹恼了我，于是我申明也要学她的做法！我不仅往前移动了，并且出于恼怒，我投掷得非常用力，一会儿她的半人半马怪就被我的玛瑙球砸成了碎片。我的对手这时也在全力攻打我的部队，所以她还没有注意到我把她的士兵砸碎了。但是此刻我自己却僵住了，因为我看到被我砸碎的小人们自动重新粘合在一起。她的女战士和坐骑又完好如初，并且变活了，她们从金色大桥飞马驰骋到菩提树下，到处奔驰着，我不知道她们是怎么做到的，因为最后她们冲向围墙消失不见了。我那漂亮的对手在发现这件事情的一瞬间嚎啕大哭，高声对我喊道：“你给我造成了无可挽回、不可弥补的缺失，这些损失远远超过你看到的表象!”但是她已经激怒了我，她的痛苦就是我的快乐，于是我继续用我剩下的玛瑙球使劲砸她的兵队。很不幸的是，我砸中了她的女王，因为女王在我们的游戏里一般都不在打击之列。女王连同她旁边的副官都被我击得粉碎。但是她们像前面的士兵一样，很快就重新粘好恢复原形，并急速地欢快地跑到菩提树下，最后消失在围墙旁边。

我的对手反应过来，并且破口大骂。我呢，继续低下腰去，捡起几颗在矛上滚动的玛瑙球，我有一个非常愤怒的愿望——毁灭她的整个军队。她也不甘示弱，冲上来就给我一耳光，顿时我的脑子里嗡嗡一片。我以前总是听说，如果你被一个姑娘抽了耳光，你应该回应她一个不客气的吻。我抓住她的双耳，连续吻了她好多次。她大声尖叫起来，我被她的叫声吓住了。我放开她，这也是我的幸运吧，因为此刻我不知道在我身上将会发生什么。脚下的桥板开始晃动，发出叮叮当当的声音。我很快注意到栅栏又重新开始晃动，只是我完全没有时间去思考，也无法站稳逃跑。我害怕我会在某一刻被刺穿，因为重新竖起的长矛已经把我的衣服挑破了。最后我实在受不了了，我也不知道事情是怎么发生的，我就完全失去了知觉。当我从昏迷中清醒，从惊吓中恢复过来时，我发现自己被突然弹起来的栅栏抛到了一棵菩提树下。伴随我醒过来的，还有我的破坏欲。对手讽刺和嘲笑的话飘进我的耳朵里，更加深了我的破坏欲。她落在我旁边的时候似乎没有我摔得厉害。我跳起来，看到四周分散躺着的那支小小的军队，还有他们的首领阿喀琉斯，他们和我一样也被那栅栏抛到这里了。我抓起这个英雄，把它往树上砸，看到他重新复原并且逃走，我的欢乐成倍增长，因为除了我的幸灾乐祸外，我还亲眼看到了世界上最美妙的风景。当我想把所有的希腊兵给那位英雄送回去的时候，四面八方的水向我漫过来，从石头上和墙壁内，从地上从树枝里喷出来，我不论往哪里躲也躲不过，水都会浇到我头上。

我本就单薄的衣服很快就湿透了，并且它们已经被刺破了，所以我毫不犹豫就把它们全脱掉。我把鞋子也蹬掉，衣服一件件脱掉，我在一暖和的天气下享受着舒服的喷泉。我全身赤裸地在这舒适的水中漫步，希望能多享受一下这舒服的流水。我的怒气已经渐渐平息下来，现在我只想和我的对手和解。转眼间流水突然中止，我湿漉漉地站在潮湿的地上。

这时候老人突然出现在我的面前。他的出现让我非常尴尬，我多想此刻即使不能钻进地缝里，至少也要找个什么遮挡物遮一下。羞愧、寒战和遮遮掩掩让我看起来非常可怜。老人利用这个时刻狠狠地教训了我一番。

“我多么希望我能拿下绿绳，”他高喊道，“即使我不卡断你的脖子，也想狠狠地在你背上抽一顿!”

他的威吓让我感到非常反感。“请注意您的言辞!”我大声回应道，“否则这会成为您和您的主人的损失!”

“你以为你是谁?”他愤怒地问道，“竟说出这样的话来!”

“上帝的宠儿，”我说道，“您的主人们是否能找到如意郎君，是否能过上幸福的生活完全取决于我，而我也完全可以决定是否让她们在魔道院里受尽折磨而变得老朽不堪。”

老人退后几步，即惊讶又疑惑地问道，“谁给你的启示?”

“三个苹果，”我说，“三颗宝石。”

“你想得到什么作为报酬?”他大声问我。

“首先，我想要那个小姑娘”，我回答道，“是她把我带进这该死的境地的。”

老人在我面前跪下，一点也不在意地上的潮湿与泥泞。当他站起来的时候，他一点也没被沾湿。他友好地拉着我的手，把我领到了那个大厅，利索地为我穿上衣服。我很快就又像之前一样穿着星期天的衣服，梳着同样的发型。守门人什么也没有说，但是在他把我送出门槛的时候，他让我停下来，给我指了指道路上方墙上的几个物件，然后又向后指了指门。我明白他的意思，他是想让我记住那些物件，下次就能更准确地找到这扇门。我离开后，门就突然关上了。

我认真地看了看对面的东西：古老的胡桃树枝越过高高的墙头，遮住了墙尽头的部分飞檐。这些树叶一直伸到一块石碑旁，我能辨认出石碑装饰着镶边，但我却认不出石碑上刻印的铭文。石碑坐落在一个壁龛石上，在这个壁龛里有一个人造喷泉，它喷出的水流从一个溢水盘泻入到另一个溢水盘，然后注入水池中，这水池像地里的一个小池塘。喷泉、石碑和胡桃树全都互相垂直，我真想把我看到的东西都原封不动地画下来。

现在你可以想象，这天晚上以及之后的几天我是怎么度过的，我又是怎么不断地去回想连我自己几乎都不敢相信的故事，所以只要有机会，我都会去“恐怖围墙”，至少为了更新一下记忆里的那些标记，以及再去看看那扇精美的门。令我特别惊讶的是，一切都变了。胡桃树尽管也越过了围墙，但是它们不是互相紧挨着的；也有一块石碑砌在墙内，但是位置却在胡桃树右边很远的地方，也没有装饰物，并且碑铭文清晰可读；在左边很远的地方确实也有一个带喷泉的壁龛，不过与我原来见过的那个根本无法相比，以至于我自己差一点儿都相信了，这第二次奇遇与第一次的奇遇一样只是一场梦，因为我原来见过的那扇小门现在一点痕迹也找不着了。唯一让我感到安慰的是我注意到了那三样东西似乎始终都变换着地方，因为我再一次故地重游的时候，我相信我看出来了，那些胡桃树似乎又互相靠拢了一些，石碑和泉水也同样像相互靠近了。很有可能，当这三样东西重新聚合在一起时，那扇门就可以重见天日了。我将尽一切可能延续这个奇遇，至于我是否能够把我以后遇到的事情讲给你们听，或者他们是否会坚决禁止我向外界透露情况，这可就不好说了。

蓝宝石十字架

[英] 吉·基·切斯特顿

丁 欣 译

黎明时分，天幕如银绸一般。银色的晨光映照着深蓝色缎带般的大海，波光粼粼。一艘客船抵达哈里奇港，船客们蜂拥而出。在这群人中，那位我们必须密切关注的人真的是一点儿也不引人注目，当然这正是他所希望的。除了他那身带着愉快的假日气息的休闲服与那张严肃庄严的脸孔有些不协调外，其他并没有什么值得注意的地方。他外面套着一件单薄的浅灰色夹克衫，里面穿着件白色马甲，头戴一顶点缀着灰蓝色丝带的草帽。相比之下，他那瘦削的脸庞稍显黝黑。他下巴上留着短短的黑色络腮胡子，看上去有些西班牙人的味道，不禁让人联想到伊丽莎白时代的轮状皱领。他懒散地抽着烟，俨然是个游手好闲的家伙，然而他的气质中却透着些许威严肃穆。从他这身打扮里你丝毫不会发现，那灰色夹克里藏着一把上了膛的左轮手枪，白色马甲中藏着的一张警察证，而那顶草帽掩盖着的是欧洲一颗才智卓绝的脑袋。这位就是瓦伦汀，巴黎警察局的头儿，世界最著名的侦探。他从布鲁塞尔来到了伦敦执行本世纪最重大的逮捕行动。

大盗弗兰博正藏匿在英格兰。三个国家的警察为了追捕这个要犯，几经周折，从比利时的根特追踪到布鲁塞尔，接着又从布鲁塞尔追到荷兰角。据警方推测，他很可能会利用即将在伦敦举行的圣体大会[1]，趁着与会人员彼此不熟悉之便，乔装成与此次会议相关的低级神职人员或秘书之类的人混在这群鱼龙混杂的参会人当中。然而，这只是瓦伦汀的猜测，他也没有十足的把握，现在还没有人能给弗兰博下定论。

自从这个犯罪头目突然停止制造动乱以来，已经过去许多年了。他停止犯罪后，世界变得格外安宁，恰好应了人们的预言：只有弗兰博死了，地球才能平静下来。但是，在那光辉岁月里（当然，我是指弗兰博作奸犯科的日子里），弗兰博的形象就如同雕像般屹立在世人心中，堪比凯撒大帝。几乎每天早晨，日报上都会报道他又制造了另一起大案，其影响成功地盖过了上一次重大案件。弗兰博是个体格魁梧的法国加斯科涅人，胆色非凡；他那斗士般的幽默脾性在那些无法无天的行为中暴露无遗。他曾将一名执行法官倒提起来，让他头着地倒立着，美其名曰“帮他清醒大脑”；他曾用双臂分别夹着一名警察在巴黎的里沃利街上飞奔；他将其拔山扛鼎般的体力花在这类毫无尊严也毫无流血牺牲的事情上；这样评价他的行为确实无可厚非。毕竟，他真正的罪行主要是那些不可思议的大规模抢劫。他的每一次偷盗都足以构成一项新罪，而且每次作案都称得上一个传奇。他就是伦敦那家有着数千名客户的狄罗林奶制品公司的经营者，而这家赫赫有名的奶制品公司却没有奶制品，没有奶牛，没有运货车，没有牛奶，他只需要把放在别人门前的小奶罐转移到了自己的客户门前就完事了；他就是那位与某位女士保持着密切而又莫名其妙的通信关系的恶作剧者。他拦截了那位女士的全部信件，然后将那些被他拍得极其小，小到必须放在显微镜下才能看清的信件发给那位女士。

然而，弗兰博的大多数作案手法都是极其简单的。据说，他曾经在夜深人静的时候将一条街的门牌号码全部重新粉刷了一遍，其目的只是为了把一个旅行者引入他设计好的陷阱里。可以肯定的是，他曾发明了一种便携式信筒，并将它放在僻静的郊区的角落里，以期望有人将邮局汇款单投进去。最后要说的是，他还是一名众所周知的天才

---

① 圣体大会：天主教神职人员和非教会人员的世界性大集会，其目的在于促使大家投入圣餐，或圣体朝拜，提高对生命的虔诚。

杂技演员。尽管他体格庞大，却可以像蚱蜢一样跳跃，像猴子一般藏在树顶。因此，在大侦探瓦伦汀着手追捕弗兰博时，他就清楚地知道，即使找到了弗兰博，他的冒险经历也不会就此结束。

但是，究竟该怎么才能找到他呢？对于这个问题，这位大侦探瓦伦汀仍在绞尽脑汁，冥思苦想。

无论弗兰博的伪装技术多么高超，也无法掩盖他那突出的身高，这一点是毋庸置疑的。如果瓦伦汀能凭借敏锐的眼力捕捉到一个高个儿的卖苹果的女人，一个高大的近卫步兵，甚至是一位身高比较突出的公爵夫人，那么他或许已经当场逮捕了他们，毕竟长颈鹿再怎么伪装也成不了猫。可是，在他的这趟行程中，没有发现疑似弗兰博伪装的人。对于船上的人，他还是很满意的。至于在哈里奇港或者是途中搭乘的人，他们的身高肯定都不到六英尺。他们当中，有一位乘坐到终点站的身材矮小的铁道部官员，过了两站才上车的三个相当矮小的商品菜园经营者，一个从埃塞克斯的小镇上车的特别矮小的寡妇，以及一个从埃塞克斯的小村庄上车的非常矮小的罗马天主教神父。最后的这个神父，瓦伦汀毫不犹豫地排除了。他对这个神父的形象感到忍俊不禁。这个矮小的神父几近完美地展示了东部平原人的特征：一张像诺福克汤圆般又圆又呆板的脸，空洞的双眼如北海般波澜不惊。随身携带的几个棕色的牛皮纸包裹让他感到格外费力。“圣体大会”肯定从经济不景气的地区吸纳了不少这样的人物，他们丧失了洞察力，迷茫而又无助，就像那些刚刚从地下探出脑袋的鼹鼠①一般。瓦伦汀是法国极端怀疑主义者，他这种人本不可能对神父有任何好感，但他也许会同情他们。而眼前的这位神父估计能激发起任何人的怜悯之情。他随身带着的那把破旧的大雨伞时常掉落地上。他似乎不清楚他的往返票上标注的站点，究竟哪个才是正确的终点站。他格外单纯地向车厢里的众人解释道，他得十分谨慎，因为在那些棕色的牛皮纸包裹中有一个镶嵌着蓝色石头的纯银物品，他身上那种埃塞克斯人的直率和圣徒般的单纯特质频频将这个法国人逗乐。这种氛围一直持续

---

① 鼹鼠：一种哺乳动物，生活在土穴中，经常不见天日，很不习惯阳光照射。成年鼹鼠的眼睛深陷皮肤下面，视力完全退化。

着，直到神父突然要在伦敦的托特纳姆区下车。他带着所有包裹下车后，又折回来取他的伞。当他回来取伞时，瓦伦汀甚至格外好心地提醒他不要说这种此地无银三百两的话。但是，不管瓦伦汀和谁说话，他总是冷静地留心着任何一个人，无论是穷人还是富人，男人还是女人，只要身高超过六英尺。当然，对于弗兰博来说，他比这个标准还要超出四英寸。

瓦伦汀在利物浦街下了车，然后，他又将迄今为止所接触到的人物相当谨慎地在脑海里过了一遍，确保没有与罪犯擦肩而过之后，他才去了苏格兰场[①]办理了身份合法化的手续，并安排好必要情况下的辅助事宜。接着，他点燃了另一支香烟，悠闲地在伦敦街头漫步。当他逛到维多利亚堤道另一边的街道和广场上时，突然停下了脚步，驻足观望。这个广场具备伦敦的典型气质和特征：古雅、宁静。然而，此时的广场却显得异常沉静。周围高耸的公寓大楼乍一看富丽堂皇，实际上却无人居住。广场中心的灌木林看上去就像一个被遗弃在太平洋上的绿色小岛。四周边的建筑群中，有一边远高于其他的三边，像讲台一样高耸着。而这一边的轮廓线却被伦敦人人称羡的一个不规则建筑打破了。这个不规则建筑是一家餐馆，看起来好像是从苏荷区[②]离家出走到这儿的，拥有一些引人注目的特征：种在罐子里的矮株植物，柠檬黄和白色相间的长条纹状百叶窗。这家餐馆耸立在这条大街上，显得鹤立鸡群。在这常见的伦敦商业拼凑布局中，一段楼梯从街上直通到饭店正门，像极了一条搭在一楼窗口的防火梯。瓦伦汀在这黄白相间的百叶窗前站定，抽着烟，陷入了长长的沉思中。

最令人不可思议的是，奇迹，它真的会发生。天上飘着的几片云朵，在某个人的眼中，却成了一种令人瞩目的形状；在前途未卜的旅程中，风景里的一棵树却被形象地描述成问号的形状；过去这几天，我亲眼见证了这两样东西。纳尔逊将军[③]死在了胜利的那一刻；一个

---

① 苏格兰场：英国首都伦敦警察厅的代称。

② 苏荷区：SOHO，伦敦著名的艺术区。

③ 纳尔逊将军：全名霍雷肖·纳尔逊，英国杰出的海军指挥官、军事家，在英国军事史上与马尔博罗公爵及威灵顿公爵齐名。

名叫威廉姆斯的人十分巧合地谋杀了一个名叫威廉姆森的人，这听起来像杀了自己的孩子一般。总之，生活中总有一些神奇的巧合，而它们却常常在人们期盼高频事件的时候被忽视。正如爱伦·坡的悖论中详细阐述的那样，智慧应该依靠意料之外的事件。

阿里斯蒂德·瓦伦汀是一位深不可测的法国人，他的聪明才智更是独一无二的。他不是一台“思考机器”——这在现代宿命论和唯物主义中，是愚蠢的代名词。机器终究是机器，它无法思考。而瓦伦汀是一个善于思考的人，同时又是一个有着与哲学家不同的思考方法的人。他所有的成功案例都如魔术般精彩，这得归功于单调乏味的逻辑推理和清晰而普通的法式思维。法国人不是靠提出一些来震惊世界的，他们靠的是贯彻落实那些不言自明的真理。迄今为止，他们仍在实践着真理，就像法国大革命中所体现的那样，正因为瓦伦汀理解理性，他才清楚地知道理性的局限性。只有对汽车一无所知的人才会谈论驾驶不用汽油的汽车，只有对理性一无所知的人才会在没有坚定并毫无争议的基本原则的情况下谈论推理。而现在，他没有令人信服的基本原则，他在哈里奇港把弗兰博跟丢了。如果弗兰博果真在伦敦的话，他可能伪装成任何人，可能是温布尔顿公园里的一个高个儿流浪汉，也可能是大都市酒店里的一个高个儿宴会主持人。在这样显而易见却又一无所知的状况下，瓦伦汀自有他独到的见解和办法。

在这种情况下，他期望发生些意外事件。在这种无法依靠理性思维的情况下，他冷静而谨慎地追随着非理性思维。他没有去那些诸如银行、警察局、集合点之类的合乎常理的地点，而是有条不紊地选择了一些不合情理的场所。他敲响每间空房子的门，拐进每条死胡同，走向每条堆满垃圾的小巷，走遍每条新月形街道，哪怕这些路线会让他无功而返，偏离正道。他从逻辑上偏向这种疯狂路线。他认为，在有线索可寻的情况下，这无疑是最糟糕的方法，但是在没有任何蛛丝马迹的情况下，这便是最好的办法。因为那些吸引着追捕者的离奇古怪的场所或是事件，同样也可能引起被追捕者的关注。某个地方，有人会以它为出发点，而另一个人却可能选它为落脚点。

那一段通向商店的楼梯，那一家宁静而又古雅的餐馆，唤醒了这位侦探鲜有的浪漫情怀。于是，他决心去碰一碰运气。他一步步走上楼梯，选了个靠窗的位子坐下，点了杯黑咖啡。上午已过一半，他还没吃早餐。桌上残留着的别人的早餐唤起了他的饥饿感。于是，他又点了份荷包蛋。他一边向咖啡里加些白糖，一边思考着，满脑子全是弗兰博。他想起了弗兰博以前的逃脱手法，一次是借助指甲剪，一次是利用一间着火的房子，一次是趁着不得不去替未盖戳的信件付费之便，还有一次是趁着人们用望远镜观望可能毁灭地球的彗星的间隙。瓦伦汀觉得他这侦探大脑和罪犯的一样好使。虽然这确实是事实，但他也充分意识到自己的不足。他自言自语道："罪犯是富有创造性的艺术家，而侦探只是批评家。"他苦笑了一下，缓缓举起咖啡杯，递到嘴边，轻轻地抿了一口，却迅速地把杯子放下。原来他刚刚加进去的是盐。

他看了看装着白色粉末的罐子，咖啡里的盐就是从它里面倒出来的。但是，这肯定是一个糖罐子，里面装的应该是糖，就和香槟酒瓶里装的是香槟是一个道理。可是，他却搞不懂为什么他们往里面装盐。他扫了一眼，看看是否还有其他常用的调味罐。的确有，那是两个装得满满的盐罐子。也许盐罐子里的调味品也有些不同。他尝了一下，是糖。顿时，他的兴趣来了。于是他环顾了一下餐厅，看看有没有类似于将糖放到盐罐子里而将盐放到糖罐子里的这种独特的艺术品位的痕迹。然而，除了贴着白色壁纸的墙壁上有一些深色液体污点外，整体环境显得整洁、令人愉悦，并没有什么异常。于是他按了铃，叫来了服务员。

一个头发凌乱、睡眼惺忪的服务员匆匆忙忙赶来，瓦伦汀（这位并非没有幽默细胞的大侦探）让这位服务员品尝一下"糖"，看看是否与这家盛名的酒店相匹配。听到这个要求，打着哈欠的服务员顿时清醒过来。

"你们每天早晨都和顾客开这种'可口'的玩笑吗？"瓦伦汀不解地问道，"我想你们一直都乐此不疲地将盐和糖互换，用这种方法和顾客开玩笑吧！"

瓦伦汀的讽刺意味变得更为浓重。服务员结结巴巴地向他保证，他们饭店绝对没有这种意图，这个错误必定另有蹊跷。于是，他拿起糖罐子看了一下，接着又拿起盐罐子看了看，可是他的神色却变得更加困惑，最后，他突然说了声抱歉就匆匆走开了。片刻之后，服务员领着老板过来了。老板也先后检查了一下糖罐子和盐罐子，同样，他也给弄糊涂了。

这时，那名服务员似乎想起什么，含糊不清地说了几句。

“俺觉得，”他急得话都说不连贯，“俺觉得，肯定是那两个神父。”

“哪两个神父？”

“就是把汤泼在墙上的那两个神父。”服务员说。

“把汤泼在墙上？”瓦伦汀重复道，他敢肯定这一定是某个特殊的意大利式隐喻。

“嗯，是的，”服务员一边激动地说着，一边指着白色壁纸上溅着的深色污点，“就是泼在那边墙上的。”

瓦伦汀询问式地看着那个准备充分、前来救场的餐馆老板。

“是的，先生，”他说，“确实是这样，只是，我觉得这与糖和盐的问题没多大关系。今天一早，我们店才刚刚开门，那两个神父就来喝汤。他们看上去都是那种安静而令人尊敬的人。其中一位付完账就出去了，而另一位动作迟缓的神父花了几分钟收拾他的东西，接着也离开了。只是，就在他离开前的那个瞬间，他故意拿起剩下半杯汤的杯子，向墙上泼去。当时，我正在后面的房间里，他也是。所以，当我匆匆赶来时，早已人去楼空，只剩下斑驳的墙面上残留着汤汁。虽然这并没有给餐馆造成什么实质性的损害，但这种行为确实很无礼，也让人很费解。我试图去街上抓住那两人，但是他们已经走远了，我只注意到他们在下一个路口拐进了斯泰尔斯大街。”

瓦伦汀站起来，戴上帽子，拿起手杖准备出发。尽管目前他的大脑里依旧一片混沌，毫无头绪，但是他还是决定顺着心中这个奇怪的直觉的指引走，哪怕他这行为看上去很奇怪。他结完账，冲出玻璃门，迅速拐进另一条街。

幸运的是，即使在这样高度兴奋的时刻，他也能冷静地在人群中搜索着。当他从一家商店门前走过时，他的脑中迅速地闪过一丝灵光。于是，他折回头去查看。这是一家受欢迎的蔬菜水果商店，露天摆放着一排排标着品名和价格的果品。在这堆果品中，有两种果品比较显眼，分别是橘子和坚果。坚果堆上放着一片硬纸板，上面有一排粗体蓝色粉笔字："上等柑橘，一便士两个。"而在那堆橘子上也有一张硬纸板，上面清楚准确地写道，"优质巴西坚果，每磅四便士。"瓦伦汀凝神地看着这两块标价牌，想起了他之前也就是刚刚才见到过的这种微妙的幽默。那位面红耳赤的水果贩子吸引了瓦伦汀的目光。他正被这七颠八倒的标价牌弄得十分郁闷，气呼呼地在大街上走来走去，四处张望。然而，他却什么都没说，只是赶紧把各个标价牌放回原位。此时，瓦伦汀正优雅地倚着他的手杖，继续仔细查看这家商店。终于，他说，"先生，冒昧打扰一下，我想问您一个实验心理学和观念联想方面的问题。"

这位气红了脸的店主极不友好地瞪着瓦伦汀。然而，瓦伦汀却摆动着手里的手杖，继续乐呵呵地说道，"为什么呢？"他追问道，"为什么一家蔬菜水果店里会有两张放错地儿的标价牌呢？这就像戴着铲形宽边帽的神父来伦敦度假一样奇怪。或者，说得再清楚一点，把坚果标成橘子的价格与那两个一高一矮的神父之间有什么奥妙的关联呢？"

一听到瓦伦汀的问题，店主立即瞪大了眼睛，看上去就像蜗牛长在触角顶端的眼睛。就在那瞬间，他似乎想扑向这个陌生人。最终，他只是愤怒得有些结巴地说："我不知道你和他们有什么关系，但是如果你是他们的朋友的话，麻烦你告诉他们，他们要是再拿我的苹果捣乱，我必定会敲掉他们愚蠢的脑袋瓜子，管他们到底是不是神父呢！"

"真的？"瓦伦汀万分同情地问道，"是他们弄乱了你的苹果吗？"

"他们其中的一个人干的，"店主气愤地说，"把我的苹果滚得满大街都是。要不是我只顾着捡苹果的话，本来是可以抓住那个混蛋的。"

"你知道这两个神父往哪走了吗？"瓦伦汀问。

"沿着第二街道左侧直走，接着穿过了那个广场。"店主立即回道。

"谢谢！"刚刚说完，瓦伦汀就像精灵般消失了。在第二广场的对面，瓦伦汀看到了一位警察，于是走上前说："警官，情况紧急，你刚刚有没有看到两个戴着铲形宽边帽的神父？"

警察听完，顿时哈哈大笑起来，“看见了，先生。我看到他们的时候，其中的一个人喝醉了，晕头转向地站在马路中间——”

瓦伦汀突然打断他，说，“那他们走的是哪条路？”

“他们上了那边的一辆黄色公交车，”警察回答道，“那是去汉普斯蒂德的车。”

瓦伦汀向警察出示了自己的公务证件，然后飞快地说：“叫上两个你们的人跟我去追。”吩咐完就立即穿过马路。瓦伦汀这种严肃而认真的精神感染了这位笨拙的警察，于是他也立即敏捷地行动起来。大约一分半钟后，这位法国的大侦探就与一位巡视员和一位便衣警察在对面的人行道上会合了。

“先生，”先前那位警察面带微笑却骄傲自大地问，“接下来我们该做什么？”

瓦伦汀突然用他的手杖指着前面的公交车说，“先上车，上车后我会告诉你们的。”说完，他就灵活地钻进慌乱的车流中，左闪右避地冲到对面。当这三个人气喘吁吁地坐上那辆黄色的公交车后，那位巡视员说：“坐出租车要比坐这个快上四倍。”

“完全正确，”他们的头儿瓦伦汀侦探平静地说，“前提是我们得知道我们要去哪儿。”

“嗯，那么你要去哪儿？”另一个人问着，目不转睛地盯着他。

瓦伦汀皱着眉，抽了会儿烟。然后，他拿开香烟说道：“如果你知道一个人正在做什么，那么你就得赶在他前面；但是如果你只是猜想他在做什么，那么你就得跟在他后面。他闲逛时你也跟着闲逛；他停下来时你也得停下来；你的速度得和他保持一致。这样，你就可以看到他所看到的东西，做那些他曾做过的事情。只有这样，你才能完全了解他的所作所为。而我们现在要做的就是密切关注那些奇怪的事情。”

“你说的奇怪的事情是指哪方面？”巡视员问道。

“任何奇怪的事情，”瓦伦汀回答说，接着又再次陷入沉默之中。

这辆黄色公交车似乎在这条北部的公路上爬行了几个小时。而这位大侦探却没有做出进一步的解释，对此，他的手下也许会对这件差事更加疑惑，但是却苦于不好开口。也许他们还觉得越来越想吃午餐，因为这会儿早已过了正常的午餐时间了，但是却不好意思开口。这条位于伦敦北部郊区的公路似乎漫长得没了尽头，仿佛是透过可恶的望远镜看着那不断向前延伸着的路一样。这真是趟难熬的旅程！正当人们觉得终于行到了世界的尽头的时候，定睛一看才发现，原来他们只不过是回到了起点特夫内尔公园。伦敦渐渐在一片落后的酒馆和阴郁的灌木丛中消失了踪影，然后又不可思议地在灯火辉煌的街区和灯红酒绿的宾馆中再次出现。这种场景就像是连续穿越了十三座紧紧相连却又各不相同的独立城市。虽然这冬季暮色的降临让他们觉得前路堪忧，但是这位法国大侦探却仍然沉默地坐着，全神贯注地看着道路两旁与他擦肩而过的建筑物。他们从卡姆登镇离开时，那两个警察差不多都睡着了。即便他们没睡熟，至少，在瓦伦汀站起身来拍两人肩膀，并喊司机停车时，他们几乎吓得跳了起来。

他们迷迷糊糊地跟着瓦伦汀下车，走到马路上，但是他们却实在想不通为什么要下车。在他们四处张望，想要弄明白是怎么回事的时候，却看到瓦伦汀正得意扬扬地用手指向马路左边的一扇窗口。那是一扇大窗户，是一家富丽堂皇的酒店门面的一部分。它是专门为举办盛宴而留的，上面标着“餐厅”二字。和沿街的其他所有窗户一样，这家酒店的窗户也是磨砂压花玻璃，所不同的是，在它的中间有一个大而黑的碎纹，像极了嵌在冰上的星星。

“终于发现线索了，”瓦伦汀激动地挥舞着他的手杖大喊道，“就是这个有破窗的地方。”

“什么窗户？什么线索？”他的第一个手下问道，“为什么，有什么证据能说明这和他们有关呢？”

瓦伦汀愤怒地几乎折断了他的竹制手杖。

“证据！”他喊道，“上帝啊！这个人居然还在寻找证据！我可以告诉你为什么，当然，这件事十有八九与他们无关。但是我们还可以做些什么呢？难道你不知道，我们要么遵循这个荒唐的可能性，要么回家睡觉吗？”他砰地推开门走进餐厅，他的手下紧随其后。很快他们在一张小餐桌旁坐定，吃上了这顿迟来的午餐。他们从里面看着这个星状的碎玻璃，然而还是看不出个所以然来。

“我看见你们的窗玻璃碎了，”瓦伦汀付账时对服务员说。

“是的，先生，”服务员一边回答，一边躬着身，点了点瓦伦汀默不作声塞给他的丰厚小费。服务员直起腰来，一脸温和却流露出再清楚不过的激动神色。

“啊，是的，先生，”他说着，“那事儿非常奇怪。”

“真的吗？那能给我们讲讲吗？”瓦伦汀好奇地问，没有丝毫做作。

“好啊，今天有两个身着黑色衣服的绅士进来用餐，”服务员说，“是两个四处奔波的外国神父。他们安安静静地吃了顿不算贵的午餐。之后，其中一位付完钱就出去了。另一位在我再次清点钱数的时候也出去和那个人会合。但是，我数钱的时候发现他付的钱比应付金额的三倍都多得多。于是我叫住了快走到门口的那个神父，喊道：‘等一下，你们付得太多了。’那个神父平静地说：‘哦，有吗？’‘是的，’我说着并把账单拿给他看。哎，真是个怪人。”

“你这么说是什么意思？”瓦伦汀问。

“咳，我可以以七本圣经发誓，他们的账单只需付四便士，但我记得一清二楚，刚刚收到了十四便士。”

“嗯？”瓦伦汀大声问道，缓慢地挪了挪，但难掩他那激情四射的目光，“后来呢？”

“站在门口的神父平静地说，‘很抱歉，把你的账弄乱了，多出来的钱是用来赔偿窗户的。’‘什么窗户？’我问道。‘就是这扇将要被我打碎的窗户。’他说着就用他的雨伞捣碎了一块好好的玻璃。”

听到这话，瓦伦汀他们三人都惊呆了，那位巡视员小声地问道，“我们是在追踪一个逃跑的疯子吗？”服务员饶有兴趣地继续讲述着这个荒谬的故事：

“我当时都惊呆了，被他搞昏了头，都不知道该做什么了。之后，那个神父就出去了，在拐角处和他的朋友会合。接着，他们俩飞快地走去布洛克街，尽管我在街上绕来绕去设法追上他们，但还是没能追到。”

“布洛克街！”瓦伦汀吩咐完，就往那条大街飞奔过去，这状况和他追踪的两个陌生神父相比有过之而无不及。

随后，他们一行三人踏上了一条像隧道一般的光秃秃的砖路。街上灯光寥落，住户稀少，像极了一条修在所有建筑物背后的街道。暮色渐渐浓重，就连那两个当地的警察也分辨不出他们具体在往哪儿走。然而，瓦伦汀却相当肯定，他们最终会走到汉普斯蒂德的某个荒郊野地。就在这时，深蓝色的暮色里突然出现了一扇凸出的灯笼式小圆窗，里面亮着盏煤气灯。瓦伦汀在这家格外耀眼夺目的糖果店门前停了停，犹豫了片刻之后便走了进去。他严肃地站在一堆色彩缤纷的糖果中，小心翼翼地拿了十三支巧克力雪茄。很显然，他在准备开场白，不过这会儿已经不必了。

商店的那位瘦削老气的年轻妇女用一种惯常的询问式眼神打量着这位衣冠楚楚、举止优雅的顾客，但当她看到瓦伦汀身后那位穿着蓝色制服的巡视员堵在门口时，她的眼神立即警觉起来。

"哎哟，"她说，"如果你们是为了那个包裹来的，那么不好意思，我已经把它寄掉了。"

"包裹?"瓦伦汀重复道，这次轮到他用询问式的眼神注视对方了。

"我是指那个绅士留下的包裹，就是那个神父先生。"

"请看在老天爷的份上，"瓦伦汀探过身去，第一次真正地流露诚挚而渴望的神色，说："请看在老天爷的份上，告诉我们到底发生了什么，好吗?"

"好吧，"这个女人有点怀疑地说道，"大约半小时前，两个神父进来买了点薄荷糖，我们交谈了一会儿，之后他们就朝荒地走去了。不过，片刻之后，一个神父跑回我店里说，'我是不是把一个包裹落在这儿了?'于是，我把里里外外都找了一遍，可是并没有找到他的包裹。最后他说，'不要紧，如果你之后找到了它，请将它寄到这个地址。'他留了个地址给我，还给了我一先令当作是工钱。果然不出他所料，后来竟然真给我找到了。我原以为我刚才已经把每个地方都找了个遍，可是最后居然是在找过的地方发现了他掉的那个棕色纸包。于是，我按他给的地址寄走了。不过，我现在想不起来详细的地址了，好像是在威士敏斯德区的什么地方。那个东西看上去挺重要的，我以为警察可能是为这个而来。"

"他们的确是为这个来的，"瓦伦汀立即问道，"汉普斯蒂德荒地离这儿远吗?”

“直走十五分钟就到了,”那女人说,“你一眼就能看到荒地。”

瓦伦汀冲出商店飞奔前去,他的两个手下不情愿地跟在后面小跑。

他们穿过一条笼罩在阴影中的狭窄小道。出乎意料的是,当他们走出小道时,迎来的却是广袤无边的旷野和一望无垠的天空。在这儿,他们惊奇地发现傍晚的天空依旧如此明亮,如此清晰。在那片逐渐变暗的树林和远处暗紫色的天幕中,孔雀绿的穹顶在夕阳的余晖下染成一片金黄。散发着余辉的绿色渐深,恰好可以分辨出一两颗高悬着的水晶般的明星。所有这些景色都是落日的金色余辉越过汉普斯蒂德边缘和那被称为“健康谷地”的著名山谷映射出来的。在这一地区漫游的游客们并不是完全分散的。几对情侣三三两两地坐在长凳子上,远处零星分散着一两个姑娘,在秋千上放声大笑。天空那华美的荣光在人们的极度粗野中渐渐暗淡消失了。

瓦伦汀站在斜坡上,眺望山谷的另一边。终于,他发现了他苦苦追寻的东西。

在远处零零散散的黑色人影中,有一处显得格外黑,那是两个没有分开走的穿着教士服的人影。尽管从这么远的距离看他们就像看小昆虫一般,显得十分小,瓦伦汀还是可以分辨出其中的一个比另一个矮得多。虽然另一个像学生似的弯着腰,举止自然,不惹人注目,但是瓦伦汀仍然可以看出那人的个子足有六英尺多高。瓦伦汀咬紧牙关朝那个方向走去,不耐烦地挥舞着手杖。等到他逐步走近时,刚刚看到的那两个黑色人影就像被高倍显微镜放大一般。不过,他还发现了一些别的情况,一些足以让他震惊但多多少少又在他的意料之中的情况。先不论那位高个子神父是谁,那个矮个子神父的身份却是毫无疑问的。他就是瓦伦汀在哈里奇火车上认识的朋友,那个矮矮胖胖的埃塞克斯神父,瓦伦汀还曾对他的棕色纸包做出友善的提醒。

随着事情的发展,到了目前的这个地步,一切终于合理地吻合起来。早上瓦伦汀打听到,一位来自埃塞克斯的布朗神父带着一个镶嵌着蓝宝石的银制十字架去参加“圣体大会”,以便让参加大会的一些外国神父能够观赏到这件价值连城的古文物。毋庸置疑,那个棕色纸包里包着的正是那块“蓝宝石银制十字架”，而布朗神父正是那位在火车上不谙世故的矮个子神父。现在的这个发现一点儿也不足为奇，因为弗兰博早就知道了，而且知道得更加全面。同样，当弗兰博听说了这个蓝宝石十字架时便起了偷盗之心，也不足为奇了。这样的事情在人类史上是最自然不过的了。凭弗兰博高超的偷盗技术，对付这个拿着把雨伞，带着这个包裹的傻小子显然是绰绰有余的，这一点就更不足为奇了。弗兰博是那种牵着他人鼻子走的人，一旦被他盯上，就只有乖乖听话去北极的份了。像弗兰博这样出色的演员，把自己打扮成一个神父，再把布朗神父骗来汉普斯蒂德荒地，不过是手到擒来的事儿。到目前为止，这个案情已经昭然若揭。瓦伦汀对这个孤立无援的矮个子神父的怜悯之情不禁油然而生。一想到弗兰博竟然打这样一位容易上当受骗的神父的主意，他顿时义愤填膺。然而，当瓦伦汀回想到他和弗兰博之间发生的一切事情，回想到弗兰博取得胜利的一切技巧时，他却绞尽脑汁也搞不懂这次案情中的那些小细节和本案的逻辑关系。从这位埃塞克斯神父手里盗取蓝宝石银制十字架与往墙纸上泼汤有什么联系呢？又和把坚果标成橘子，或是和先赔钱后砸窗户玻璃有什么联系呢？瓦伦汀的追捕行动终于接近尾声了，但是不知怎么的，他总觉得似乎错过了一段中间环节。他失败的情况（当然，这种情况很少）通常是掌握了线索却没能抓住罪犯。而这次是抓住了罪犯，却还没有掌握到线索。

他们尾随的那两个人正像黑头苍蝇般缓缓地爬上一座绿郁葱茏的大山。显然，他们正沉浸在交谈当中，甚至都没注意到他们在往哪儿走。不过可以肯定的是，他们正向荒地的更荒凉更寂静的高地前进。作为逼近他们的追捕者，他们不得不像用偷袭法猎鹿者那样毫无尊严地屈膝蹲在树丛后面，甚至必要时在深草丛中匍匐前进。只有通过这些不雅观却十分巧妙的行动，“猎人们”才可以更加靠近他们的“猎物”，近得足以听到他们小声的交谈，但是听不清到底在说些什么，只有时不时从那幼稚的大嗓门里蹦出的“理性”一词听得格外清晰。一度，由于低洼的地面和灌木丛的遮挡，瓦伦汀基本上看不到他们尾随的目标了。这种焦急不安持续了十分钟后，他们才发现了这两个人的踪影。他们正在一座穹隆状的山脊之巅，俯视着这荒凉之处的色彩斑斓的落日景色。在这个居高临下却又极易被人忽视的地方，有一棵经年的大树，树下是一张破旧得快散架的木质长椅。那两位神父正坐在这张椅子上继续进行他们严肃的谈话。渐渐暗淡的地平线处仍然泛着华丽的绿色和黄金色的光芒，但在地平线上方，那穹顶般的山脊的色调却渐渐由孔雀绿变成了孔雀蓝，悬在山脊上方的星星也越来越高，越看越像真正的珠宝。瓦伦汀悄悄地对他的手下打了个手势，然后慢慢爬到那棵枝繁叶茂的大树背后，一动不动地站在那里。屏息凝神的瓦伦汀第一次清楚地听到这两个古怪的神父的谈话。

在他听了一分半钟之后，一种可怕而强烈的怀疑慑住了他。也许在这夜幕降临时分，他把那两个英国警察拖到这种荒郊野外来干的这种糊涂差事，就和在紫蓟丛里找无花果一样徒劳无果。因为他听到这两个神父虔诚地谈论着神学上玄妙难解的问题，他们渊博的学识，从容的举止像极了真正的神父。埃塞克斯的矮个子神父讲得更为质朴，他那圆圆的脸正朝向越来越亮的星辰。另一个神父讲话时总是低着头，似乎那些星辰还不值得他去看一样。然而，在任何一所意大利白人的修道院里或是西班牙黑人的大教堂里，你都不可能听到比这更为纯洁的宗教言语了。

他听到的第一句话是布朗神父所说的内容的最后部分："……中古时期，他们说的'天堂是不受腐蚀的'的真正意义。"

高个子神父点了点他低垂的头，说道："啊，是的。现代的这些异教徒呼吁大家回归自身的理性。但是，又有谁能做到身居在大千世界却感受不到他上空必定存在着的奇妙的宇宙呢？在那个世界里，理性是绝对不合理的。"

"不对，"矮个子神父说，"理性永远是合理的，哪怕是在最后的地狱边境[1]，或是在一片混沌之中。我知道人们总是指责教会贬低理性，但是事实恰恰相反。在这个世界上，唯一信奉理性至上的正是教会。在这个世界上，教会坚称上帝本身受理性约束。"

高个子神父抬起他那张严肃的脸孔，对着星光灿烂的夜空说：

---

[1] 地狱边境：据说是供耶稣降生之前，正直的人和未受洗礼的儿童死后的栖身之所。

"但是又有谁知道，在那个无限的宇宙中是否……"

"只是物质上的无限，"矮个子神父突然在椅子上转了个身，说道，"而不是在逃避真理法则的意义上的无限。"

躲在树后的瓦伦汀憋着一肚子狂怒难以发泄，气得他把手指甲都撕裂了。他似乎听到那两个英国警察在暗地里嘲笑他，嘲笑他仅凭一个毫无根据的猜想，就把他们带到这么远的地方来听两位温和的老神父闲聊哲学理论。瓦伦汀心中急躁得以致错过了高个子神父同样煞费苦心的回答。当他再次凝神倾听时，又听到布朗神父在讲话："理性和正义统治着最遥远最孤寂的星球。你看这些星星啊，它们看起来难道不像一颗颗钻石和蓝宝石吗？你可以随心所欲地想象，想象在它的世界里会有着怎样的植物，怎样的地质结构。想着那长满多面形宝石叶子的磐石森林，想着那枚蓝色的月亮，是颗巨大的蓝宝石。但是不要迷恋这些幻想，因为所有这些天文学上的天马行空的胡思乱想都将会导致人的理智和正义的偏差，哪怕只是极为细小的偏差。在铺着猫眼石的平原上，在挖出过珍珠的悬崖下，你仍然会找到一块告示牌，上面写着：严禁偷盗。"

瓦伦汀觉得这是他这辈子干的最蠢的一件事了，就像栽了个大跟头一样丢脸。他正准备从蹲得发僵的姿势中直起身来，然后尽可能悄无声息地溜掉时，高个子神父的一阵缄默让他不由得停了下来。最终，高个子神父又开始讲话了。这次的话说得很直白，他的头还是低着，手放在膝盖上。

"好吧，我认为在理性方面也许其他世界确实比我们的高，老天爷的奥秘是深不可测的。而我作为人类的一份子，只能低下我的头。"

然后，他仍然低着头，维持着原来的姿势和声音继续说道：

"你就把你的蓝宝石十字架交出来，好吗？要知道这里就只有我们两个人，我可以把你撕得粉碎，就像撕稻草人那样。"

高个子神父依旧保持着先前的音调和姿势，丝毫没有变化，然而那句态度冷淡、内容暴力的话却给这次谈话带来了惊心动魄的变化。不过，矮个子神父，那个古文物的守卫者似乎只是把头微微转了一下，就像是转了个罗盘上最小的刻度一样。不知怎么，他依旧是一脸傻相，望着满天繁星。或许他压根儿没听懂，又或许他听懂了，但是由于太过恐怖而僵在了那里。

“对，”高个子神父以同样低沉的嗓音、同样纹丝不动的姿势继续说道，“对，我就是弗兰博，大盗弗兰博。”

停顿了一会儿之后，弗兰博又接着说：“喂，你到底给不给那个十字架？”

“不给！”矮个子神父拒绝道，此时的这两个字听起来特别怪异。

就在这一刻，弗兰博突然抛掉他神父的所有伪装，露出他本来的强盗面貌。他猛地向后往椅子上一靠，低声长笑起来。

“不给？”他尖叫道，“你这个自负的神父，你不愿把它给我是吧！你这个独身的傻蛋，你不愿把它给我是吧！那么要我来说说为什么你不愿给我吗？那是因为它早就到我手里了，瞧瞧，就在我胸前的口袋里揣着了。”

夜幕中，埃塞克斯的矮个子神父转过他那看似惶惑的脸，带着“私人秘书”那种胆小而又热切的语气说：“你——你确定吗？”

弗兰博欣然地大喊起来。

“说实在的，你啊，就和那出三幕喜剧里的小丑一样惹人发笑。”他大声说道，“不错，你的的确确是个傻瓜，这点我非常确信。于是，我就做了一个和你那棕色纸包一样的包裹。我可怜的老伙计，现在你怀里揣着的是我做的复制品，而真正的蓝宝石已经在我手里了。布朗神父啊，这不过是个很老的伎俩，十分老套的把戏而已！”

“是啊！”布朗神父依旧一脸惶惑，迷惑不解地搔着头，说道，“的确是个老套的把戏，我曾经听说过。”

大盗弗兰博突然对这样一个乡巴佬神父产生了兴趣，仗着他那巨人般的身高俯视着矮个子神父。

“哦？你居然听说过？”他问，“你在哪儿听说的呢？谁告诉你的？”

“咳，我当然不能告诉你他的名字，”矮个子神父直白地说，“你要知道他找我是为了向上帝忏悔的。他曾经靠复制棕色纸包过了二十多年的富裕生活。所以，你应该明白了吧！我开始怀疑你的时候，立刻就想到了那个可怜的家伙曾经维持生计的勾当。”

“开始怀疑我？”这个大盗愈发紧张地重复道，“你真的仅仅是因为我把你带到这个空空如也的荒凉之地才大胆地怀疑上我了吗？”

“不是的，当然不是，”布朗神父辩解道，“你知道吗，我们第一次见面的时候，我就开始怀疑你了。你袖口有一圈凸出的部分，只有带着那种穗状花序的手镯才会这样。就是这个暴露了你的身份。”

“真是活见鬼了!”弗兰博喊道，“你又是如何得知我有穗状花序的手镯的呢?”

“这个嘛，你知道的，每个神父都有一群自己的信徒，”布朗神父毫无表情地扬了扬眉，说道，“我在哈特尔普尔当堂区神父的时候，就知道有三个戴这种手镯的人。所以，当我第一次见到你的时候我就开始怀疑你了，难道你不知道吗?无论如何，我都得保证十字架的安全。你要知道，我一直都在密切注意你，因此你掉包的时候到底是被我发现了。后来，我又悄悄地把它换了回来，难道你不知道吗?之后，我就把真的包裹留下了。”

“留下?”弗兰博意外地重复道，他那得意的音调里第一次夹杂了别的情绪。

“嗯，事情是这样的，”矮个子神父依然泰然自若地说，“我回到那个糖果店，问他们我是否在那儿掉了一个包裹，并且给了他们一个特定的地址和足够的钱，让他们在找到包裹后就寄到那里。好吧，其实我并没有掉什么包裹，那不过是我再次离开的时候故意留下的罢了。所以，这个价值非凡的包裹并没有继续跟着我走，而是已经被糖果店的人寄到了我在威士敏斯德的一个朋友那里。”接着他格外悲伤地说，“这个方法也是我从哈特尔普尔的一个穷小子那儿学来的。他过去常常用这种方法处理他在火车站偷来的手提袋。不过，他已经改邪归正了。他现在正在修道院修行。哎呀，你知道的，这种事儿应该略知一二的。”他同样挠着头，格外歉疚地补充道，“当了神父，就由不得自己了。因为人们总是对我们讲这类事情。”

弗兰博从里衣口袋里掏出了那个棕色纸包，把它撕成碎片。那里面除了一些纸片和铅条外什么也没有。他立即从椅子上弹了起来。他那庞大的身躯立在布朗神父面前，大声喝道：“我不相信，我不相信你这样一个土包子能搞出这些名堂来。我相信那个十字架还在你身上。现在只有我们两个人，如果你不把它交出来，别怪我动手!”

“不，”布朗神父也站了起来，坦率地说，“即使你动手，也得不到十字架。因为，首先它早已不在我的身上，其次这儿也不止我们两个。”

阔步向前的弗兰博顿时僵住了。

“在那棵树的后边，”布朗神父指着那棵树说，“有两个身强体健的警察和一位大名鼎鼎的侦探。你要问他们是怎么会到这儿来的吗？哎呀，那当然是我把他们引过来的。至于我到底是怎么把他们引来的？好吧，你想听的话我就告诉你。愿主保佑你！当我们在罪犯阶级中工作时，我们必须得弄清楚这二十类事情。嗯，在我还不能肯定你是盗贼的时候，我是不能给我们的一位神职人员抹黑的。于是，我就想考验你一下，看看你是否会原形毕露。通常情况下，一个人发现咖啡里加的竟然是盐的时候，一般都会大惊小怪。如果他默不作声，他必定是出于某种特殊原因而不得不保持沉默。我把盐和糖调换了，而你却保持沉默。通常情况下，如果一个人发现他的账单多出了三倍，他势必会质疑。然而，如果他只是默默地付了账，那么只能说明出于某种动机，他不愿做这些惹人注意的事情。我偷偷地改了你的账单，而你却认命似的付了账。”

似乎全世界都在等弗兰博暴跳如雷的时候，他却像是被施了咒语一般定在当场。他被这极端的怪事惊得不知所措。

“咳，”布朗神父动作迟缓却头脑清醒地继续说道，“你当然不会给警察留下任何痕迹，所以有人就不得不留下点线索。我们每到一个地方，我都小心地做了些手脚，这些也都成了我们其余时间里的谈资。当然啦，我也没有造成多大损害，例如：泼脏了的墙纸，滚了一地的苹果，打破了的窗子。不过，我保住了蓝宝石十字架，因为蓝宝石十字架必须得保住。它现在已被送到威士敏斯德了。我很奇怪，你为什么不用‘驴子的口哨’来阻拦我。”

“用什么？”弗兰博问。

“我很高兴你从来没听说过这个词。”神父做了个鬼脸，说道，“这是种邪恶的事情。我可以肯定你的为人太好了，不适合当吹驴子口哨的人。我本不该当场反击你的，毕竟我的腿脚不够利索。”

“你究竟在胡说些什么啊？”

“好吧，我以为你会懂什么叫‘现场’的，”布朗神父神色惬意，惊讶地说，“噢？你本不应该错得这么离谱的。”

“你到底是怎么得知这些令人讨厌的东西的？”弗兰博大喊道。

布朗神父那张单纯的圆脸上浮现出一丝笑容。

“哎呀，我想是因为我当了独身的傻蛋的缘故，”他说，“一个除了听人们忏悔真正的罪恶之外几乎无所事事的人，不可能完全不知道人类的罪恶。难道你从来没有突然涌现出这个念头吗？不过，事实上，让我确信你不是神父的关键也恰好是我的这个职业的另一方面。”

“什么？”弗兰博吃惊地大张着嘴问道。

“你竟然攻击理性，”布朗神父说，“这是不熟悉神学原理的典型。”

就在布朗神父转过身去收拾他的东西时，那三个警察从昏暗的树丛里冲了出来。弗兰博不仅是一位艺术家还是一位运动员。他潇洒地退后一步，姿势优美地向瓦伦汀鞠了一躬。

“别向我行礼，我的朋友！”瓦伦汀那悦耳的声音格外清晰，“让我们一起向我们的大师鞠躬吧！”

两人立即脱帽行礼，驻足看着布朗神父。而那个埃塞克斯的矮个子神父则眨巴着眼四处寻找他的雨伞去了。

隐身人

［英］吉・基・切斯特顿

丁 欣 译

在蔚蓝色的暮色笼罩下，卡姆登镇显得格外清凉。暮色时分，在那两条陡峭的斜坡路的拐角处，那家糖果店像根烧至烟蒂的雪茄一样，闪着零星的红光。也许有人会觉得它更像是一支烟花点燃升空的瞬间，因为在许多块镜子的折射下，光线错综复杂地交织着，灵动地在色彩缤纷的蛋糕和糖果上跳跃着，闪耀着五彩斑斓的光彩。这一带的流浪儿常常将鼻子贴在这炫目的玻璃橱窗上，渴望地注视着橱窗里陈列的甜点。橱窗里摆放着的那些巧克力用红的、黄的、绿的锡箔纸包装得十分精美，看起来比巧克力本身还要诱人。橱窗里那个巨大的白色婚礼蛋糕虽遥不可及但看着就顿觉满心欢喜，仿佛就是将整个北极做成了这美味可口的食物，这感觉真不赖！这彩虹般的糖果店自然能吸引着附近一带十岁到十二岁左右的孩子们蜂拥而至。不过，这安居一隅的糖果店照样吸引着稍大一点的年轻人纷至沓来。这时，一个二十出头的年轻人正盯着橱窗。对他来说，这家店的魅力撩人心弦，而这种魅力并非完完全全来自这些诱人的巧克力。不过，他的那点心思倒是算不上令人厌恶。

他是个年纪轻轻的小伙子，顶着一头红色头发，身材高大，体格健壮。他神色果决却有些没精打采。他胳膊下夹着一个扁平的灰色公文包，包里面装着些白纸黑线条的草图，他曾或多或少卖给几个出版商。因为他发表了一次反对经济理论主张社会主义的演说，他的那位海军上将叔叔就剥夺了他的继承权。从那以后，他就靠这些图纸来谋生了。他的名字叫约翰·特恩布尔·安格斯。

终于，他走进了糖果店，穿过店堂，来到这间有点像面点餐馆的里屋。他向在这儿工作的年轻女士举了举帽子。这位女士是个肤色暗黑，举止优雅，灵活机警的黑人姑娘，一双深黑色的眼睛格外水灵。短暂的休息之后，她迅速地跟着他走进内室，听候他的吩咐。

他和往常一样，点的还是那几样。“请给我来一份，”他精确地说道，“半便士的面包和一小杯清咖啡。”就在姑娘转身走开之际，他又补充道，“我还要，你嫁给我。”

这个年轻的姑娘顿时僵住了，她回答道：“别和我开这种玩笑。”

那个红头发的年轻男子抬起眼帘，灰色的眼睛里折射出令人意外的严肃眼神。

“我说的是真的，千真万确。”他说，“我是认真的，认真得就像对待这半便士的面包一样。这份心意也会和这面包一样珍贵，我会为它付钱的。虽然这似乎令人难以理解，但却像这面包般炙手可热。”

年轻的黑人姑娘的视线一直没从他身上挪开，看起来像是正用一种极为可怜的审慎目光审视着他。端详了一番过后，她在旁边的一把椅子上坐了下来，脸上隐隐浮现出一丝笑意。

“难道你不认为，”安格斯观察着，心不在焉地说道，“吃这些半便士面包是极其残忍的事吗？它们也许能长成一便士的面包。我们结婚后，我就会放弃这些残忍的猎食行为。”

黑人姑娘从椅子上站起来，走到窗前驻足。很显然，这时的她正陷入一种内心斗争强烈表面却无动于衷的沉思之中。当她终于带着一副下定决心的神色突然转过身时，她却困惑不解地看着那个家伙小心翼翼地把从橱窗里搬来的东西摆到桌子上——一座色彩缤纷的堆成金字塔状的糖果堆，几盘三明治，以及两瓶令人费解的波特酒和雪利酒，因为这两瓶酒只用来做面点。在这错落有致的布置中央，他小心谨慎地放下那块放在橱窗里做装饰品的巨大无比的白色糖制蛋糕。

“你究竟在干什么？”她不解地问道。

“亲爱的劳拉，我在尽我的本分。”他说道。

“哎呀，看在老天爷的份上，麻烦你快住手吧，”她大喊道，“还有别用那种语气和我讲话。我刚刚是问，你把这些都搬过来到底想干嘛?”

“霍普小姐，这是一顿婚宴大餐。”

“那又是什么?”她指着那小山一般的白色糖制蛋糕，不耐烦地问道。

“那是婚礼蛋糕，安格斯太太。”他回答道。

劳拉径直走到桌前，“扑通”一声又重新将那白色糖制蛋糕搬回橱窗里。接着，她转过身来，手肘优雅地支在桌上，赞许却又气势汹汹地注视着他。

“你都没给我考虑的时间。”她说道。

“我又不是傻瓜，”他回答道，“这是我们基督教徒的谦卑美德。”

她仍然注视着他，脸上的微笑瞬间消失了，取而代之的是越来越浓重的严肃神色。

“安格斯先生，”她沉着地说道，“在你继续胡说八道之前，我尽量简短地跟你说说我的个人情况。”

“乐意之至，”安格斯一本正经地说道，“在你讲你的那些情况时，不妨也谈谈我的情况。”

“好了，先给我乖乖闭嘴，认认真真地听我说，”她说，“在我身上并没有什么羞耻的事情，甚至连让我觉得特别遗憾抱歉的事情都没有。但是，如果我说，有那样一些事情看上去与我毫无关联，却又如同噩梦般缠着我，你会怎么看呢?”

“如果是那样的话，”安格斯认真地说道，“我会建议你把婚礼蛋糕搬回来。”

“得了吧，你得先听我把这故事讲完再说。”劳拉固执地说道，“首先，我得告诉你，我的爸爸在卢德伯里有一家叫做‘红鱼’的酒馆。我过去常常在那儿的酒吧招呼客人。”

“怪不得我总觉得这个糖果店里有一股基督味儿。”他说。

“卢德伯里是东部郡县中一个相当小的小镇，就像地图上的一个小点一样。那个小镇非常安静，绿草如茵，风景秀丽。偶尔来旅游的一些商业旅客成了‘红鱼’酒馆的唯一一类顾客。至于其他方面，你也许会见到一类最可怕的人，假如你还未曾见过这种人的话。这种人气量狭小、吊儿郎当，他们温饱有余，整天无所事事。他们要么是混迹在酒吧，倚着吧台喝酒，要么是穿得破破烂烂的去赌马，这些对他们而言，是再幸福不过的事了。然而，即使是这些既可怜又不中用的家伙在我们店里也是不常见的。不过，他们中的两个家伙却出现得格外频繁。这俩人方方面面都很普通，自己挣钱养活自己，活得闲散安逸，穿得十分考究。然而，我却替他们感到可惜。因为我多多少少觉得他们之所以会钻进我们这个小酒馆肯定是因为他们各自都有着那种会遭乡巴佬嘲笑的缺陷。或许他们有的并非是身体上的缺陷，而是某种怪癖。他们中的一个长得特别矮小，和侏儒症患者差不多，至少特别像那种职业赛马骑师，虽然从他外表看来一点赛马骑师的风貌都没有。他的脑袋圆乎乎的，头发乌黑乌黑的，两撇小黑胡子修理得整整齐齐，黑豆般的眼睛像鸟儿的眼睛一样明亮。他时而叮叮当当地抖动着口袋里的硬币，时而哐啷哐啷地玩弄着大金表的链子。他只有在穿得比绅士还要绅士的时候才会在外大摇大摆，否则他绝不露面。虽说他是个精明能干的家伙，但是却是个十足的懒汉。对于那些一点也派不上用场的东西，他总是兴趣十足而且特别拿手。他常常即兴表演魔术，将十五根火柴像有规律的烟火般依次点燃，或者把诸如香蕉一类的东西切成跳舞娃娃。他叫做伊西多尔·斯迈思，至今，我依然能够看到他，看到他那小小的黑色脸孔，看到他刚走到柜台前，就用五支雪茄变成了一只跳跃的袋鼠。

“另一个家伙比斯迈思还要沉默寡言，还要平凡无奇。然而，不知怎么，他却比小不点斯迈思还要令我吃惊。他又瘦又高，顶着一头浅色头发。他的鼻梁高挺，让人常常觉得曾经的他也许很英俊，很帅气，但他的眯眯眼却是我迄今为止见到过的乃至听到过的最令人震惊的一个了。当他直直地看着你的时候，你会连自己在哪儿都不知道，更不用说知不知道他到底在看什么呢！然而，这个缺陷对这个可怜的家伙的影响却是微乎其微的，这倒是让我十分纳闷。每当斯迈思准备秀一秀他的猴子把戏的时候，詹姆斯·韦尔金（那个眯眯眼的名字）总是啥事都不干，只顾着在我家酒吧店堂里泡着，然后再在这个枯燥乏味、阴沉暗淡的乡野四处乱闯。我总觉得尽管斯迈思能巧妙地掩饰他的缺陷，他对他如此矮小的身材还是挺敏感的。可是，就是这样的两个人，他们居然在同一周向我求婚。这让我觉得无比困惑，无比震惊，当然，对此我也深表歉意。”

“好吧，我觉得这是我有史以来干过的最蠢的一件事儿了。不过，好歹这两个‘怪胎’某种程度上还算作是我的朋友，所以我怕他们会认为我拒绝他们的真正原因是他们各自的生理缺陷，毕竟他们真可谓是奇丑无比。于是，我就编了个谎话，我说，我不会嫁给一无所成的男人，除非他能开创一番天地，否则我就不嫁。我说，我的原则就是不愿像他们那样靠着继承的遗产过活。就在那次善意的交谈之后的第三天，所有的麻烦都开始出现了。我听到的第一件事就是他俩出去寻求发迹的机会了，就像那些愚蠢的童话故事里说的那样。

“咳，自那天起，我就再也没有见过他俩了。不过，我收到了小不点斯迈思的两封信，信写得还挺令人激动的。”

“那，另外一个人呢？有他的消息吗？”安格斯问。

“没有，那个人从来不写信，”黑人姑娘犹豫了一会儿，继续说道，“在斯迈思的第一封信中，他只是简单地告诉我他和韦尔金一道出发前往伦敦。但是韦尔金是个名副其实的步行者，出发后就健步如飞，斯迈思在路边休息了一会后就和他走散了。碰巧，一个巡回表演团相中了他，一是因为他特别矮小的身材，二是因为他确实是个小机灵鬼。他在表演圈里挺混得开，很快被派到水族馆表演戏法，这些戏法我已不太记得了。这是他第一封信里提到的内容。他的第二封信我是上周才收到的，内容却是相当令人震惊。”

安格斯喝光了杯中的咖啡，继续温和而耐心地注视着这个黑人姑娘。只见她的唇角微微一翘，流露出隐隐的笑意。她再次张口道：“我猜你肯定在广告牌上见到过‘斯迈思的无声服务’这类广告吧？如果没有的话，估计你就是唯一一个没见过这广告的人了。哎呀，其实我也不是十分清楚那到底是干吗的，只知道它是可以包揽一切家务活的发条装置式机器。我想你应该听说过这种东西：‘按下按钮，你就拥有了一个从不喝酒的男管家；转动拉杆，你就拥有了十个从不调情的女佣。’你一定见过这类广告吧。好吧，暂且不管这种机器到底用来干什么，它们的的确确很赚钱，而且是在替那个我在卢德伯里就认识的小机灵鬼挣钱。一想到这可怜的小家伙这么走运，我心里就特别开心。但是，那个明摆着的事实是：我害怕他会突然出现在我面前，告诉我他闯下了自己的一片天地，而他也的确做到了。”

“那么，另外的那个人呢?”安格斯固执地重复道，神色平静如水。

这时，劳拉·霍普猛地站起身来，说，“朋友，我觉得你就是个巫师。问得对，你的猜测完全正确。我没收到过那个人的一字一句，我也不知道他是死是活，过得怎么样，也不知道他现在在哪里。但是，恰恰是他，让我觉得恐惧无比。我总是觉得他如影随形。我觉得我快被他逼疯了。因为我在那些他本不可能出现的地方，确确实实地感觉到了他的存在。因为我在那些他本不可能讲话的时候，真真切切地听到了他的声音。”

“好吧，亲爱的，”年轻人愉悦地说，“老伴，别担心！如果他是撒旦，那么他就完了！因为现在你把这种感觉告诉了别人，他会独自一人发疯的。不过，你是什么时候觉得你感觉到或是听到我们那位眯眯眼朋友的呢?”

“我听到的詹姆斯·韦尔金的笑声就如同我现在听到的你的声音一样清晰。”这个姑娘平稳地说道，“但周围却是空无一人的。当时我就站在街角的这家店的门口，在这儿能一下子将这两条街的情况看得一清二楚。我忘了他当时是怎么笑的了，不过，他那笑声就和他的眯眯眼一样古怪。我大约有一年的时间没怎么想起他。然而，就在收到斯迈思的第一封信之后的几秒钟后，我就听到了他那古怪的笑声。我说的都是真的，毫不夸张，也没开玩笑。”

“你曾听到那个幽灵般的家伙说话、尖叫，或是别的什么吗?”安格斯好奇地问道。

听到这，劳拉突然颤抖起来。控制了一下之后，又接着用平静的音调说：“有的，就在我刚刚读完伊西多尔·斯迈思告知我他成功了的第二封信的时候，我听见韦尔金说：‘即使这样，他也不应该拥有你。’一字一句说得相当清晰，就好像他当时就在这间房子里一样。实在是太恐怖了！我想我当时肯定是疯了！”

“如果你当时真的疯了的话，”这个年轻人说，“那你当时应该觉得你是个神志正常的人。但是，对于我而言，这个看不见的家伙确实有些古怪。三个臭皮匠赛过诸葛亮，我愿意把你的幻觉转移到我的任何器官中去，让我免你忧愁，免你烦恼。如果你愿意嫁给我，嫁给这样一个能给你胸膛，给你臂膀依靠的人，如果你愿意嫁给我，嫁给这样一个既务实又能干的人，那么，亲爱的，请把婚礼蛋糕从橱窗里搬回来吧!”

正当他说这话时，一阵刺耳的尖啸声从外面大街上传来。一辆小汽车风驰电掣般冲向糖果店，“嘎吱”一声在贴近店门的那刻刹住了。就在那瞬间，一个戴着闪闪发亮的大礼帽的小不点迈着笨重的步子，踏进了店堂。

先前出于保持心灵健康的动机，安格斯一直维持着搞笑轻松的氛围。而这时，他的神经却一下子绷紧了。他立即走出里屋，打算见一见这位新来者，以缓解这突如其来的神经紧张。只是稍稍一瞥就足以确定这个小不点正陷入狂热单恋之中。这位衣冠楚楚的家伙，体型却如侏儒般矮小。他那两撇尖尖的小黑胡子高傲地向上翘起，一双机灵的眼睛不安分地四处张望着，干净的手指无措地绞弄着。这人不是别人，正是劳拉刚刚描述过的伊西多尔·斯迈思，就是那个能用香蕉皮、火柴盒做出玩偶来的伊西多尔·斯迈思，就是靠不喝水的男管家和不调笑的女仆赚了数百万的伊西多尔·斯迈思。仅仅片刻，这俩人就本能地感应到对方散发出来的占有欲。他们带着一种好奇、冷漠、慷慨的目光打量着彼此，暗暗地将对方划为竞争对手。

然而，斯迈思先生直接无视了他们一发不可收拾的敌意，他只是直白却暴躁地问道：“霍普小姐看到玻璃橱窗上贴着的东西了吗?”

“玻璃橱窗上贴着的?”安格斯目不转睛地盯着他，不解地重复道。

“现在没有时间解释其他事情，”矮小的百万富翁简短地说道，“我们得先调查一下这里发生的一些无聊的恶作剧。”

他用他那平滑的手杖指了指面前空荡荡的橱窗，橱窗里的东西早被安格斯搬去准备“婚礼”了。安格斯惊奇地发现面前的橱窗玻璃上贴着一条细细长长的纸条。他可以肯定之前他站在橱窗外透过玻璃往里瞧时，橱窗玻璃上空无一物。精力充沛的斯迈思迅速地冲到街上，安格斯也立即跟上。那是张约莫一码[1]半长的邮票纸，被人用胶水小心谨慎地粘在橱窗外的玻璃上，纸条上稀稀落落地写着一行大字："如果你嫁给斯迈思，他就得死。"

"劳拉，"安格斯一头红发的脑袋立即钻进店里，大声喊道，"你没有发疯!"

"这是韦尔金那小子的字迹，"斯迈思走回店里，粗暴地说道，"虽然我已经有许多年没有见过他了，但是他却一直骚扰着我。两周以前，他曾在我的公寓里留下了五封恐吓信。奇怪的是，我根本就查不到是谁搁下的，更不必说是韦尔金本人了。公寓的门房信誓旦旦地说他没见到任何可疑的人进出。而现在，那小子居然光明正大地在这店的橱窗玻璃上贴了个墙裙[2]似的纸条，还是在店里有人的情况下，这也忒奇怪了吧!"

"的确如此，"安格斯如实地说道，"贴这么个'墙裙'的时候，店里还有人正在喝茶。嗯，这位先生，我十分欣赏你如此直截了当地运用常识来处理这桩事情。我觉得我们接下来有必要讨论一下其他事情。一方面，想必那家伙还没走远，因为我十分确定，我最后一次出现在橱窗这儿是在十分钟或是一刻钟之前，当时玻璃上清清爽爽的，压根就没有这么大的一张纸条。另一方面，要去追那家伙的话，这距离又显得遥不可及。因为我们连他往哪逃了都不清楚，更别说是去追了。斯迈思先生，如果你觉得我的建议可行的话，那么你现在就把这张纸条交到我这样一个精力充沛、喜爱探究真相的人的手里。另外，我觉得这事儿私下解决会更好。我认识一个绝顶聪明的家伙，他叫弗兰博，是个侦探。按你的车速来算的话，他在距这儿五分钟车程的地方做生意。虽然他年轻的时候做事有点风风火火，但是现在的他绝对是个正直可靠的人，他那聪明的脑袋瓜子还挺值钱的。他现在就住在汉普斯蒂德的勒克瑙公寓大厦里。"

"真是太巧了，"小不点浓眉一挑，有点兴奋地说道，"我就住在

---

① 码：英美制长度单位，通常认为 1 码＝0.9144 米。

② 墙裙：装饰层与墙的其余部分不同的内墙下部（如装饰着木护板、瓷砖或是大理石板）。

喜玛拉雅公寓大厦里，恰好位于那个街角处。我想我们可以一起去，正好顺路。那样的话，我就先回我家，把关于韦尔金那个怪胎的材料整理出来。你就去一趟你侦探朋友那儿，帮我把他找来。”

“你真是太好说话了，”安格斯温文尔雅地回答道，“那好，我们快点行动吧，越快越好！”

这俩人瞬间达成一种异乎寻常的共识，他们纷纷彬彬有礼地向黑人姑娘拜别，双双跳进了轻快的小汽车。斯迈思转动着方向盘，车子沿着街道拐了个大弯；安格斯则被一块巨大的广告牌逗笑了。那是块写着“斯迈思的无声服务”的广告牌，上面还画着一个手里拿着个平底锅的巨大无头的铁玩偶，玩偶旁边还配了句话：“从不闹脾气的大厨。”

“我在自己的公寓里也使用这些玩意儿，”小不点翘了翘小黑胡子，笑着说道，“一是给自己打广告，二是用他们真的挺方便的。坦白地讲，我发明的那些上发条的巨型玩偶，不仅能帮你干诸如搬煤球这类重活，还能帮你做些细致活，像是拿红葡萄酒啊，拿时间表啊。它们比我认识的佣工们勤快得多了。你只要知道做什么活该按哪个键钮就好了。不过，对你我就不隐瞒了，这种巨型玩偶也有他们的弊端。”

“哦？是吗？”安格斯好奇地问，“还有他们办不到的事吗？”

“是啊，”斯迈思冷静地回道，“他们再好，却不能告诉我到底是谁把信留在我的公寓里。”

这辆小汽车就和它的主人一样，小巧轻便，灵活迅捷。事实上，同他在国内销售的玩偶一样，这车也是他的发明。如果他是在靠打广告来招摇撞骗的话，那他就是个信任自己产品的骗子。在这死气沉沉却又分外明朗的黄昏里，这条马路像一条灰白色的丝带，弯弯曲曲地向前延伸着。他们沿着这条马路疾驰而过，那种轻飘飘的像飞一般的感觉愈发强烈。很快，他们就行驶到弯道更多、坡度更陡的那段路。他们沿着那灰白色曲线盘旋而上，仿佛行走在现代教会中所说的“耶稣的苦路”[1] 上，只是这九曲十八弯的上坡路着实让人头晕目眩。这也难怪，他们两人正在攀登的是伦敦一角的至高峰，这儿就和爱丁堡[2]一样险峻崎岖，怎么可能不险怪奇绝呢？两旁的梯田层层片片绵延如带，而他们要去的那座公寓大厦如高塔般耸立着，俯视着周遭的一切，有种欲与埃及金字塔比高的气势。夕阳西下，落日的余晖为这座大厦穿上了一层金装。就在他们拐了个弯，驶进那座名为喜玛拉雅的新月形大厦时，眼前的景象顿时让人耳目一新。这样奇妙的感觉就仿佛开启了一道通向桃花源仙境的大门一般。在这儿，一排排坐落在伦敦高地上的公寓大楼，就如同那漂浮在湛蓝色海面上的海市蜃楼一般。这新月形大厦的对面是一片灌木丛生的围墙。与其说它像座花园，不如说它像那陡峭的篱笆或堤坝。那郁郁葱葱的绿叶层层叠叠，好似飞流直下的翠波。承接这片碧绿的是一渠缓缓流淌的人工水道，有点像古老的运河，有点像弯弯的新月，有点像翠树环绕的护城河。当车子绕着新月形建筑拐过去时，转角处，一个卖栗子的小贩正坐在那孤零零的货摊旁。而就在这条弯道的另一个尽头处，一位穿着深蓝色制服的警察正慢悠悠地散着步。在这样一个远离都市的世外桃源中所能见到的人寥寥无几。然而，就是这样的场景让安格斯心中产生了一种荒谬的感觉：他们演绎着伦敦的无言诗篇。他觉得自己仿佛置身在故事当中，而他们都是故事中的人物。

小汽车像子弹一样飞到一栋房子跟前，车主则像炸弹开花般从车里蹦了出来。他迅速地跑到一个身着镶有华丽穗带制服的高个子门警和一个穿着长袖衬衫的矮个子门房处询问一番，问他们有没有看见什么人或物去过他的公寓。门警和门房再三向他保证，从上一次询问到这次询问的这段时间内没有见到什么人或物进出这里。于是，他就和略感困惑的安格斯一道像火箭般飞快地冲进电梯直奔顶楼。

“先进来坐一会儿，”斯迈思上气不接下气地说道，“我把韦尔金写的那些恐吓信拿给你看看。估计你看后会立即跑过去把你朋友抓过

---

① 耶稣的苦路：耶稣身背十字架走向加尔瓦略山途中所经过的十四处苦路。

② 爱丁堡：英国著名的文化古城、苏格兰首府。

来的。”他按了一个隐藏在墙内的按钮，接着房门就自动打开了，展现在眼前的是一间又大又宽敞的前厅。毫不夸张地说，前厅里唯一引人注目的就是在屋子两边站立着的那一排排高高的半人半机器的玩偶，像极了裁缝用的人体模型。这些玩偶和裁缝的人体模型一样，没有脑袋，肩上镶了块帅气却没有用处的隆肉，看上去像衣服的垫肩，胸脯上补了块“胸肌”看起来有点像鸡胸。然而，除双肩和胸部之外，它们的样子和人的形体几乎是天壤之别，倒是和车站里约莫一人高的自动机器很相像。这种玩偶有两个类似于手臂的挂钩，用它们来提篮携筐什么的。按照各自的用途，它们有的被漆成豆绿色，有的被漆成朱红色或是黑色，以便于区分。从其他任何一个角度看，他们不过就是些自动机器，大概不会有人愿意再多瞄上一眼。至少，此时此刻没有人会去看这些玩意儿。因为在这两排玩偶之间放着一样比这世上绝大多数的机械装置更为有趣的一样东西。那是张皱巴巴的白纸，上面有一些用红色墨水书写得十分潦草的字迹。而这位小不点发明家在房门一开时就敏捷地拣起它，一声不吭地把它递给安格斯。纸片上的红色墨迹还没有干透，上面写着：“如果你打算今天去见她，那我就杀了你！”

短暂的沉默之后，伊西多尔·斯迈思平静地说：“要来点威士忌吗？我想我很需要。”

“谢谢，我想我还是赶紧去找弗兰博吧，”安格斯有些沮丧地说道，“在我看来，事态发展得越来越严峻了，我得赶紧找他出马。”

“是啊，去吧！”斯迈思说道，那满脸轻松愉快的神色确实令人钦佩，“尽快把他带过来吧！”

然而，就在安格斯随手带上大门时，他瞥见斯迈思推回了一个按钮，接着，其中一个玩偶沿地板槽滑动起来，“手里”的托盘上盛放着一只插着吸管的玻璃杯。安格斯突然觉得将那个小不点独自留在一群没有生命的机械仆人当中有些怪异，尤其是瞥到那些死气沉沉的玩偶在关上门的刹那突然复活时，那种诡异的感觉就更重了。

距斯迈思的家六步远处，那个穿着长袖衬衫的门房正拿着提桶做些什么。安格斯停下脚步，给了门房一笔丰厚的费用，让他待在原地看着，并记下任何一个上楼的陌生人，一直到自己和侦探一道过来。

接着，安格斯又冲到前面的门厅，给了门警同样一笔丰厚的费用，交代他做同样的事情。从门警那儿安格斯得知这儿的环境很简约，连一扇后门都没有。安排好这两个人后，安格斯还是不太放心。于是，他又叫住在这附近四处巡逻的警察，说服他站在进出口的正对面，时刻警惕地观察。最后，安格斯在卖栗子的小摊旁停留了一会儿，花了一便士买了点栗子，并设法说服卖栗子的小贩在这附近多逗留一会儿。

卖栗子的小贩竖起大衣的衣领，告诉安格斯他很可能过会儿就走，因为看天色就快要下雪了。的确，天色越来越阴沉，气温也好似骤降了，冷飕飕的。不过，巧舌如簧的安格斯却继续劝说卖栗子的小贩晚点回去，坚守在他的摊位前。

“那就让你的栗子给你暖暖身吧，”他真诚地说道，“你可以吃掉你所有的栗子，钱包在我身上，我定会让你觉着等这么会儿时间是值得的。如果你愿意在这儿待到我回来，我就给你一金镑，到时候你只需要告诉我任何进了门警守着的那栋房子的人，无论是男人，还是女人，甚至是小孩，记住是任何人。”

安排好后，安格斯又看了一眼这座被包围的公寓大楼，潇洒地转身走人。

“我在这栋楼的四周都设了眼线，”他喃喃道，“不管怎样，他们四个不可能全是韦尔金那家伙的帮凶。”

勒克瑙公寓所处的地势比喜玛拉雅要低点儿，若将这片连绵起伏的建筑群比作是崇山峻岭，那么勒克瑙公寓只是不突出的那一座，而喜玛拉雅公寓却是峰峦之巅了。弗兰博先生那既用来工作又用来休息的公寓位于大厦的一楼。无论从哪个角度看，他的办公室兼公寓都与“无声服务”那家伙的满是美式电器的冷冰冰的豪华宾馆式公寓形成鲜明对比。弗兰博是安格斯的一个朋友，他在他的办公室后面的一间装修成洛可可风格的小房间里接待了安格斯。这间屋子里摆放着些军刀、火绳枪、东方古董，盛意大利美酒的细颈瓶，炖野味的瓦罐，屋里还有一只毛茸茸的波斯猫和一个罗马天主教的矮个子神父。这位毫无生气的神父与这装饰精美的洛可可艺术显得尤为格格不入。

“这是我的朋友，布朗神父，”弗兰博介绍道，“我一直想介绍你们认识来着，今天真是巧了。这儿天气真妙，不过对我这样的南方人来说，还是冷了一点。”

“是啊，我想这天气会一直晴朗下去的。”安格斯坐在一张东方风格的紫色条纹软垫椅上回应道。

“不会，”神父平静地说，“就快要下雪了。”

果然不出他所料，他正说着，天上就零星飘下几片雪花。就同卖栗子的小贩说的一样，开始下雪了，雪花飘过昏暗的窗玻璃落到地上。

“好吧，”安格斯沉重地说道，“恐怕我们得谈谈正事了，这件事挺棘手的。情况是这样的，弗兰博，在距你房子一箭之遥，住着个急需要你帮助的家伙。长期以来，他被一个看不见的情敌威胁恐吓，缠着不放。最蹊跷的是，这竟是个看不见的恶棍。”安格斯索性从劳拉的故事讲起，讲述了斯迈思和韦尔金的种种事情，接着又讲了他自己亲身经历的事，描述了两条空荡荡的街道相交处传来的诡异笑声，空房间里听到的奇怪却清晰可辨的话语。听到这些故事，弗兰博对这件事的关注程度变得越来越明显，而矮个子神父却如同屋子里的一件家具一样置身事外、无动于衷。当安格斯讲述贴在玻璃橱窗上的那张潦草地写满字的邮票纸时，弗兰博突然站起身来，他那宽厚的双肩似乎要把这小小的房间填满一样。

“如果你不介意的话，”他说，“我觉得我们最好边走边说，抄最近的路去那个人家里。不管怎样，这事儿太让我震惊了，我们不能再浪费时间了。”

“太好了，我非常乐意，”安格斯也站起身来，激动地说道，“他目前应该十分安全，因为我安排了四个人，密切关注着他那栋房子的进出口。”

他们赶紧出门，向斯迈思的房子走去。矮个子神父像只温顺的小狗紧紧地跟在他们身后。他只是说：“雪下得好大啊！这么一会儿就积得这么厚了。”他的声音愉悦，就像没话找话说的那样。

他们一行三人在铺满了一层银色的雪沫的陡峭路面上行走着。这会儿，安格斯已经将整个事情的来龙去脉讲清楚了。当他们到达新月形公寓大厦时，他的注意力立即转移到他安排的那四个眼线身上。卖栗子的小贩，不管是收那枚金镑之前还是之后，都坚定地发誓说他一直死死地盯着那个门，这段时间内并没有人进入。那个警察也着重强调说，他曾见识过各种各样的骗子，不论是戴高顶礼帽的还是衣衫褴褛的，都逃不过他的火眼金睛。在发现预期的可疑人物方面，他并不是个新手。为了帮安格斯，他格外留心，提防着任何出现的人，然而，事实却是没有人出现。当他们三人齐聚门警那儿时，穿着镶有金色穗带的制服的门警依然面带微笑，两脚叉立地站在走廊上。这段时间内无人出入这栋大厦的结论变得更为肯定。

“我有权向进出这里的人询问他此行的目的，不论他是公爵还是清洁工人，”这位穿着镶有金边的制服的大个子和善地说道，“我可以发誓，自打这位先生从这里离开后就没有人进来过。”

站在后面的这位无足轻重的布朗神父，谨慎地观察着人行道，斗胆问道：“那么，是从开始下雪的时候起，就没有人进出过这里吗？我们几个在弗兰博家里时，雪就开始下了。”

“是的，先生，我敢保证一直都没有人出入。”这个门警面带笑容，用一种权威的口吻回答道。

“那么，我想知道那些是什么呢？”神父不解地问道，双目像鱼眼一般茫然若失地看着地面。

其他人也都顺着他的目光，低头看过去。弗兰博突然发出了一声刺耳惊叫，还下意识地做了个法式手势。因为，就在这位身披镶边制服的门警所守卫的入口的正中往下，实际上就是在这个高傲自大的大块头叉开的两腿之间的雪地上，延伸着一长串深深的灰色脚印。

“我的天啊！”安格斯不自觉地尖叫了起来，“隐身人！”

安格斯二话不说，转身冲上楼去，弗兰博紧随其后。而布朗神父仍旧站在雪地里四处观察着，仿佛对他之前的疑问失去了兴致。

失去理智的弗兰博显然想用他那结实的臂膀撞开这紧锁的房门。幸亏安格斯还残存些理智，他在门框上摸索一番后终于找到那个隐藏在墙内的按钮。接着，门就慢慢地打开了。

屋内那玩偶林立的景象又一次出现在眼前。落日的余晖还未消失殆尽，屋内依旧透着一道道暗红色的光影，只是这时候的客厅已比先前昏暗许多。不知什么原因，其中的一两个无头玩偶早已不在原来的位置，而是凌乱地站在这略显昏暗的房间里。薄暮中，它们身上涂着的绿色或是红色“外衣”的色彩显得略为深些。朦胧中，它们的轮廓不太清晰，这样一来倒让它们和真人形体的相似之处又多了几分。在这群玩偶中间，准确来说应该是在先前那张用红墨水书写的纸片摆放的地方，有一摊红色东西，像极了瓶中洒出来的红墨水。但是，那绝对不是红墨水。

弗兰博的法式思维立即将动机和暴力联系起来，接着“谋杀”二字就从他嘴里吐了出来。于是，他们立刻冲进公寓，花了五分钟将公寓的里里外外仔细查看了一遍，每个角落就连碗橱都没放过。要说他们是在找尸体的话，显然是徒劳无获的。伊西多尔·斯迈思根本就不在这儿，也不知道是死是活。经过一番地毯式搜查后，两人在外厅碰面时均是面面相觑，汗流浃背。“我的朋友啊，”弗兰博激动地说道，“不但你说的那个凶手是看不见的，就连被害者也被他弄得看不见了。”

安格斯环顾着这间昏暗、玩偶林立的屋子，这个有着凯尔特血统的苏格兰人顿时觉得骨子里的那种恐惧在苏醒，惹得他不由得轻颤起来。他看着那个恰好掩盖了那摊血迹的玩偶。这是个和真人一样大小，站立着的玩偶，或许这正是斯迈思死前召唤的那个，它其中一个用作手臂来提东西的钩子比另一个稍微抬高了一些。顿时，安格斯仿佛看到可怜的斯迈思被他自己生产出来的铁铸“孩子”击倒的可怕场景。事情演变得越来越不受控制了。难道真是这些机器杀死了它们的主人？但即便是这样，斯迈思的尸体又哪里去了？它们又该如何处理他的尸体呢？

“难道是吃了他？”一个诡异的声音在耳边响起，他仿佛看到斯迈思被那群无头的发条装置撕碎了，一口一口吞食进腹的画面。这片刻的失神让他觉得无比恶心，无比恐怖。

他千辛万苦地将那种画面抛到脑后，极力让自己保持神志清醒。他对弗兰博说：“好吧，现场就是这样。那个可怜的家伙就像云一样蒸发掉了，只在地板上留下一摊红色血迹。我想这是个不属于这个世界的故事。”

“先不管这件事到底属不属于这个世界，我们现在只有一件事要做，那就是我们必须下去，和我的朋友谈一谈。”弗兰博说道。

他们立即下楼，从那个再次强调没放任何人进来的提着桶的人身旁走过，接着又碰到门警和那个徘徊着的卖栗子的小贩，他们也重申他们一直保持警惕，没有见到有人进去过。但是，就当安格斯四处张望找寻第四个人确认时，他却发现那人不见踪影了。他有点过分紧张地失声惊叫："那个警察哪里去了？"

"请你原谅，"布朗神父说，"这怪我，我刚刚让他沿路去调查点事情，我认为那儿挺值得查看一番的。"

"好吧，我们也需要他，希望他快点回来，"安格斯突然话锋一转，"因为楼上那个不幸的家伙不但被谋杀了，而且连尸身都彻底消灭了。"

"什么？"神父惊讶道。

"神父，"弗兰博顿了顿，说道，"我敢发誓，听到这事儿你会比我还要震惊。在没有朋友或是敌人进入这间屋子的前提下，斯迈思不翼而飞了，就像被妖精抓走了一样。如果这不是超自然现象所为，那么我——"

当他讲到这儿时，大家全都被脑中闪过的那个极不寻常的情景吓得怔住了。这时，那个穿着蓝色制服的高个子警察绕着新月形建筑跑了过来，径直来到布朗神父跟前。

"先生，您的猜测完全正确。"他气喘吁吁地说道，"他们刚刚在水道的下游处发现了不幸的斯迈思先生的尸体。"

安格斯猛地一拍头，问道："他是自己跳下去淹死的吗？"

"我确定不是他自己跳下去的，他也不是淹死的，"警察说道，"因为他是死于心口上那一处致命的刺伤。"

"可是，你不是没有看见任何人进去过吗？"弗兰博严肃地反问道。

"我们顺着这条路走过去一点吧。"神父提议说。

就在他们走到新月形建筑的另一端时，神父突然说道："我真是个笨蛋！刚刚忘了问警察，他们是不是发现了一只浅棕色的麻布袋。"

"为什么要问浅棕色的麻布袋？"安格斯诧异地问道。

"因为如果是其他颜色的麻布袋，那么这事儿就得重头来过了，"布朗神父说道，"但如果是一只浅棕色的麻布袋，嗯哼，这案子就结了。”

“我很乐意听到这样的结果，”安格斯不以为然地讽刺了一句，“据我所知，案子还没开始查呢！”

“你得给我们好好说说。”弗兰博带着孩童般的天真，一反常态地说。他们行走在高耸的新月形建筑的另一面，沿着那条长长的向前延伸的大路走着，不知不觉地加快了步伐。布朗神父一声不吭地走在前面，脚步飞快。终于，他说了句意味不明的话，“好吧，我想你们把这件事想得太过简单了。我们一直都是从案件的尾声开始，而且你根本就不能从别的地方开始。”

“你们发现了吗？人们从来都不对你问的问题做出回答。他们只是回答你所指的那方面，或者说，他们只回答他们认为的你所指的那方面。假使一位女士和另一位女士在乡间别墅里聊天，一位女士问：‘有谁和你一起待在这儿？’那么另一位女士决不会回答：‘有的，一个管家，三个男仆，一个女仆，等等。’哪怕这时候女仆可能就在房间里，管家就站在她的椅背后面。她会说：‘没有人和我们在一起。’她所指的是没有你指的那类人。但如果是一个医生询问一个传染病患者：‘谁待在这间房子里？’那么这时患病的女士就会想起管家、女仆和其他的人。所有语言都是这样使用的。你从不会得到照问题的字面意思去解答的答案，甚至你得到的答案也的确是事实。当那四个相当诚实的人说没有人进入大厦时，他们指的是没有他们以为的你要找的那种人。而这个范围以外的人确实进了屋子，又从里面出来了，但是他们却丝毫没注意到。”

“隐身人？”安格斯扬了扬红色的眉毛，询问道。

“一个心理上的隐身人。”布朗神父答道。

一两分钟后，布朗神父又继续用和先前一样谦逊的语气说道，那神色好似在思考着什么：“当然，你不会想起这样一个人，直到你真正意识到他的存在，这就是他的高明之处。而我是通过安格斯先生讲述给我们听的故事中的两三件小事才想到他的。第一，这个韦尔金确实走了很长的路。然后，窗户上有一长条邮票纸。接着，也是最重要的，那位年轻女士说了两件不是事实的事情。先别生气，”他注意到那个苏格兰人的头突然动了一下，于是又匆忙添了一句。布朗神父接着说道，“她以为那些都是完全正确的，但是就在她收到信之前的几秒，街上怎么可能只有她一个人，同样，就在她开始读信的时候，她也不可能独自一人在街上。当时她的附近肯定是有人的，只是她心理上直接忽视了那个人的存在。”

“你为什么这么肯定当时一定有人在她附近呢?”安格斯问道。

“那是因为，”布朗神父说，“除非是信鸽，不然总得有人将信交到她手里吧?”

“你是说那个韦尔金将他情敌的信带给了他心仪的女士?”弗兰博生动有力地问。

“是的，”神父说，“的确是韦尔金把他情敌的信交给他心仪的女士的。你知道的，他不得不这样做。”

“哎呀，这一点我非常同意，”弗兰博继续探究道，“那么这家伙是谁?长什么样?这种心理上的隐身人通常是一副什么打扮?”

“他身披红色、蓝色和金黄色的衣服，十分帅气。”神父立刻准确地回答道，“而且他就是穿着这身显眼的甚至耀眼的衣服，在四个人的八只眼皮底下大摇大摆地走进了喜玛拉雅公寓，冷血无情地杀害了斯迈思，接着又扛着尸体走回了大街——”

“尊敬的神父先生，”安格斯突然站着不动，大声喊道，“是你疯了，还是我疯了?”

“你没有疯，”布朗神父说道，“你只是缺乏点洞察力而已。比如，你未曾留意过这样一个人——”

他快速地向前走了三步，接着，他把手搭在一个路过的普通邮差的肩上。这是个他们未曾发觉的一个正在树荫底下忙碌着的邮差。

“不知怎么地，总是没人留意过邮差，”他体贴地说道，“然而，他们同其他人一样，满怀激情，甚至能携带一只能够轻易塞进一具小尸体的大袋子。”

那个邮差并没有很自然地转身，而是一个闪身躲开了。他跑向花园的栅栏，翻了过去。那个普通的外表下掩盖的是个长着浅黄色络腮胡子的瘦汉。就在他转过那张惊慌失措的脸孔时，三人都被那恶魔般的眯眯眼给怔住了。

弗兰博回到他那个有军刀，有紫色的地毯和波斯猫的办公室兼公寓，他还有许多有待处理的事情。约翰·特恩布尔·安格斯回到糖果店的姑娘那里，只有和那姑娘在一起时，这个轻率的年轻人才觉得安逸些。而星空下，布朗神父和那个杀人凶手正漫步于积雪覆盖的群山之中，至于他们交谈的内容将永远不会有人知道。

瓶装地狱

[日] 梦野久作

沈清清 译

海洋研究所公启：

阁下日益康健，不胜庆贺。关于阁下此前所提、用于研究海潮之用以火漆封口之麦酒[1]瓶，吾已吩咐岛民，若拾得必告之与吾。近日果有人发现，如包裹所附、以树脂封口之麦酒瓶三只，漂至本岛南岸，特此呈之。分别相距约数里，或埋于沙滩里，或夹于岩缝间，疑似很久前即已漂流至此。瓶中内容也如阁下所说，不似官方信笺，疑为杂记本碎片一类。至于阁下所需之漂流至此之日，已无据可考。现以村费将原瓶三只呈送，以供参考，谨候贵意。

谨启

×月×日

××岛村公所　印

第一瓶之内容

啊！终于有救援船来此孤岛了。

竖立着两根巨大烟囱的船上，降下两艘划艇，落在惊涛骇浪中。仿佛能看见父母那令人怀念的身姿，夹杂在船上目送划艇的人们中间，那么温暖，那么迫切。而且，他们朝着我们的方向挥舞着白色手帕，在这儿能看得一清二楚。

---

① 麦酒，即啤酒。

父亲和母亲一定是看到了我们投下的第一封瓶中信，才来救我们的。

巨大的船体冒着白烟，耳中传来的高亢笛声，仿佛在说："耐心等一等，马上就去救你们哦！"这声音惊飞了小岛上的禽鸟与昆虫，它们扇动翅膀，旋即消失在远方的大海中。

然而，在我们两人听来，那声响比宣告末日审判到来的号角还要可怕。恍若天地在我们眼前崩裂，神明的目光和地狱的火焰同时迸发。

啊！我的手不住地颤抖，心中非常恐慌，乃至无法提笔。满眼的泪水模糊了我的视线。

现在，我们两人将要登上正对着那艘大船的高崖，在父亲、母亲和前来搭救的水手们都能清楚看见的地方，就这样紧紧拥抱着对方，跳进深不见底的大海，了却残生。一直在那一带游动的鲨鱼很快就会来吞噬我们的吧！之后，划艇上的人会发现这封漂浮的瓶中信，将它拾起来的吧！

啊！父亲，母亲，对不起！对不起，对不起，对不起！请你们权当从一开始就没有过我们这样的不孝子，放弃我们吧。

各位特地从遥远的故乡赶来搭救我们的人，对于你们的热心，犯下如此罪行的我们真的、真的感到非常抱歉，还请宽恕我们。能被父母抱拥着回归人间，是多么喜悦，可这一刻来临之时，我们却不得不选择死亡。请怜悯我们这不幸的命运吧。

如果不这样惩罚自己的肉体与灵魂，是无法偿还我们所犯下的罪孽的。我们在这孤岛上犯下了恐怖与邪恶的错误，这是我们的报应。

请接受我们诚心的忏悔！我们这样的痴狂之人，只配成为鲨鱼的饵食……

啊！永别了！

不论是神还是人都无法救赎的

可悲二人　敬上

致　父亲　母亲　诸位

第二瓶之内容

啊！无处不在的上帝啊！

除了死之外，难道就没有别的方法，能让我从苦难中解脱吗？

不知有多少次，我独自登上那座被我们称作上帝足凳的高崖，窥视那深不见底的深渊，那里总是游着两三条鲨鱼；也不知有多少次，我想立刻纵身跃下，却迟迟没有勇气。因为，每当此时，我就会想起可怜的彩子，叹一口深得像是要将灵魂灭绝的气，从岩角上退下。我清楚地知道，若我死去，彩子也定将投海，随我而来。

*

随行的奶妈夫妇、船长、船员们，都在我们眼前被波浪冲走，只有我和彩子两人在小舟上，最终漂至这座小小的孤岛，时间如梭，一晃不知过去多少年了。此岛终年如夏，分辨不出何时是圣诞，何时是新年，不过想来应该有十年了吧。

那时我们所有的，只有一支铅笔、一把小刀、一本笔记本、一个放大镜、三只装了水的麦酒瓶和一本小小的新约圣经。

不过我们很幸福。

在这绿意盎然的小岛上，除了难得一见的大蚂蚁之外，没有一只可怕的鸟兽昆虫。对于当时才十一岁的我和刚满七岁的彩子来说，这里倒是世外桃源，充满了取之不尽、用之不竭的丰富食材。有山八哥、鹦鹉，只在故事书上看到过的极乐鸟，还有见所未见、闻所未闻的华丽蝴蝶。美味的椰子、凤梨、香蕉、红紫相间的大花、散发着香味的草木、大小鸟儿产的卵等等，终年不绝。鸟和鱼之类，只要用短棍敲击便能轻易捕获，不费吹灰之力。

我们将这些东西收集起来，用显微镜借阳光聚焦枯草，点燃漂流木，烧烤它们食用，维持生活。

在小岛东边海角的岩石间，我们发现了只有在涨潮时分才会涌出的泉水，我们就在它附近的海滩上，用坏掉的小舟造了一座小屋，铺上一些柔软的枯草，我和彩子两人能够睡在上面。然后，我们在小屋旁的一片岩壁上，用小船上的旧钉子挖了一个四方形像是仓库的岩穴。那时的我们，外衣和内衣已被风雨和岩角摩挲得破烂不堪，衣衫褴褛，两人只好像真正的野人一样赤裸着身子。早晨和晚上我们必然会登上我们称之为上帝足凳的高崖，诵读圣经，为父亲和母亲祈祷。

之后，我们将写给父亲和母亲的信，虔诚地塞入那宝贵的其中的一个瓶子里面，用树脂牢牢地封好，两人吻了它好几遍，才将它投入海中。这个瓶子随着环绕这小岛的潮汐，迅速漂向海的远处，再也没有回来。为了求救，我们在上帝足凳的最高处竖起一根长长的树枝，时时悬挂着翠绿的树叶，做成明显的标记，以便人们能清楚地看到。

我们偶有争执，但都能立即和好。我们玩着“过家家”的游戏，假装是在学校，我时常将彩子当作学生，教她写字和诵读圣经里的句子。于是两人将圣经视为心中的上帝、父亲、母亲，比放大镜和瓶子更宝贝地，将它收在岩穴里架子的最高处。我们真的很幸福很快乐。此岛在我们眼中宛如天堂。

*

在如此偏僻的孤岛上，在两人世界的幸福中，怎会潜入可怕的恶魔？

然而，确实有恶魔悄悄袭来。

随着岁月流逝，不知从何时起，彩子的身体奇迹一般发生了变化，变得美艳修长，翩然映入我的眼中。有时犹如花精般光彩夺目，有时又像恶魔般充满诱惑，每每看到这样的情景，我的心情不知为何变得暧昧而黯然。

“哥……”

彩子唤着我，眼中闪耀着没有一丝污垢的纯洁光芒，跑来靠在我的肩膀上。每当此时，我都能清楚地感觉到胸口那种从未有过的奇妙律动，节奏很快，我控制不住。于是我每每畏惧和战栗，担心自己会将心交予沉沦的苦痛。

然而，不知不觉中，彩子的态度也变了，变得微妙起来。她果然和我一样，产生了与以前完全不同的……她开始用更加令人怜惜的、湿润的泪眼看着我。那痛苦的心情，那悲伤的情绪，似乎是因为羞于与我身体接触。

两人再也不争吵了。取而代之的是满面的愁容和时而发出的叹息。因为这仅有两人的孤岛生活，已经变得枯燥和寂寞，我们有说不出的烦恼。不仅如此，每当我们相互注视时，彼此的眼中总会飘起一抹死气沉沉的阴暗。此时，不知是上帝的启示，还是恶魔的恶作剧，随着胸口的一阵跳动，我们又清醒过来。这种事每天都要发生好几次。

就这样，两人彼此清楚对方的心事，却因为畏惧上帝的责罚，就这样不动声色地继续生活着。如果干出那种事，之后救援船来了怎么办？两人都有着这种担忧，嘴上尽管什么都不说，但彼此心照不宣。

然而，一个宁静的晴朗的午后，我们吃完烤海龟蛋，走向沙滩，凝视飘向远方大海的那朵白云的时候，彩子突然说：

“哥，如果我们中的一个生病死去的话，剩下的那个人该怎么办呢？”

说着这话的彩子，红着脸低着头，眼泪滚滚落在夕阳余晖下的沙滩上，却对我露出无法言说的悲伤笑容。

*

我不知那时的自己是何种表情，感觉像是濒临死亡，沉重地喘不上气来，胸口轰然欲裂，只好像哑巴一般默默起身，拖着沉重的脚步从彩子身边离开。然后来到神之足凳上，挠着头拜倒在地。

“啊，万能的上帝啊！”

“彩子什么都不知道，所以才会对我说那样的话，请不要惩罚那位纯真的少女。请守护她，让她永葆纯洁。这样我也……”

“啊！可是……可是……”

“啊，上帝！我该怎么办才好！我们怎样才能从这痛苦中解脱！我活着就会让彩子遭受莫大的罪恶，可是如果我死了的话，彩子将会背负更深的悲伤与苦痛。啊，我该如何是好啊？”

“上帝啊……”

我的头发沾满沙粒，腹部紧贴在岩石上。如果圣意能够觉察到我求死的心愿，请立刻将我的生命交付给燃烧的闪电吧！

“啊！无处不在的上帝啊！请让我尊崇您的圣名，将圣意彰显给我吧……”

然而上帝没有降下任何指示，只有泛着白光的云，像丝线般飘动在湛蓝的天空……只见悬崖下，在蔚蓝和洁白的海水缠绕出的漩涡里，海浪轰鸣着，其间几尾鲨鱼快乐地嬉戏，时而露出鳍和尾巴。

我凝视着这碧蓝的无底深渊，不知不觉感到一阵天旋地转的晕眩，身体不自觉地摇晃起来，差点落入浪花激起的白色泡沫中，最后总算是在悬崖的边缘站稳了脚步。然后，我又立刻跳回悬崖最高处，一把扯下立在顶端的木棒和木棒尖端的椰树叶，投进脚下的深渊。

“已经无所谓了。这下好了，就算有救援船经过，也会开过去的吧!”

这样想着，我不知所云地哈哈冷笑起来，像狼一般跑下山崖。一冲进小屋，便取来圣经，翻开至诗篇部分，放在刚刚烤海龟蛋的残火上，投了些枯草让火势再起。然后我以最大音量呼喊着彩子的名字，跑向沙滩，四处寻找。然而……

我看见彩子跪在海角那块远远伸入海中的巨大岩石上，仰望天空，似乎是在祈祷。

*

我三步并作两步，踉踉跄跄地飞奔向前。少女跪在被惊涛骇浪包围的紫色巨岩上，夕阳映照下，她的背影闪耀着鲜血般神圣的光辉，我呼吸急促，奔跑过去……

潮水轰然涨高，海藻自膝下浮起，少女却毫无觉察，仍然沐浴着金黄的海浪，一心一意地祈祷着，那崇高的身影，如此炫目，又如此邪恶……

我的身体僵成一块石头，好一阵子，都只是愣愣地注视着她。然而，我突然察觉了彩子这种行为背后的决心，这决心让我不寒而栗。我飞快地跳了起来，拼命朝她奔去，死命地爬上大岩石，任凭岩石上的贝壳将身体磨得伤痕累累。我双手紧紧抱住发疯似的哭喊着的彩子，拖着她，浑身是血，好不容易回到了小屋。

但我们的小屋已经不存在了，它已经同《圣经》和枯草一起，化作了白烟，消失在远处的天空。

*

之后，我们两人不论是肉体还是灵魂，都被放逐到真正的黑暗中，只能不分昼夜地哀哭、懊恼。别说是互相拥抱、抚慰、鼓励、祈祷、悲叹，就连睡在一处的心情都没有了。

这大概是对我烧毁圣经的责罚吧！

到了夜晚，星光、海浪、虫鸣、树叶的沙沙声和果实掉落的声音，每一种声音都像在嗫嚅着圣经里的句子，萦绕在我们的耳际，一步步地逼近，将我俩包围，仿佛是要窥视我们的心灵。分开入睡的我们各自沉浸在苦闷中，面对着这恐怖的窥视，一动不动，无法入眠。

就这样度过了漫长的黑夜之后，同样漫长的白昼来临了，我们就在痛苦中煎熬着。照耀着此岛的日光、歌唱的鹦鹉、舞动的极乐鸟，还有吉丁虫、飞蛾、椰子、凤梨、花的颜色、草的芳香、大海、云朵、风和彩虹，统统与彩子那让人不敢直视的身姿和令人屏息的肌肤香气混杂在一起，像闪耀着光辉的漩涡般，从四面八方袭来，将我包围狙杀，我没有招架之力。和我一样被囚禁在痛苦中的彩子，用她那藏着上帝般的仁慈和恶魔般的微笑的魅人眼神，长久地注视着我。

*

铅笔快用完，写不了多少了。

我要将遭遇如此的虐待与迫害，却还畏惧神明责罚的我们的赤子之心封入此瓶，投入大海。

趁今天还未屈服于恶魔的诱惑之际……

趁至少两人的肉体仍然纯洁之时……

啊，上帝！为何让我们在遭遇如此折磨的同时，却让我们的思想疯长，上帝，为何让我们在这清风绿水和丰饶食物的环绕中，在这美丽和乐的花鸟世界中无病无痛、健康美好地成长……

啊！这是多么可怕的责难啊！如此美丽宜人的小岛已经彻底成为我们的地狱。

上帝啊，上帝！为何不干脆拿走我们两人的生命呢……

——太郎手记

第三瓶之内容：

父亲，母亲，我们兄妹在这座孤岛上和睦、健康地生存着，请快来救我们吧。

市川太郎

市川彩子

红房子旅馆

[法] 巴尔扎克

付　稳 译

记不清是哪一年了，一位与德国商界有着广泛往来的巴黎银行家，设宴招待一位结识已久却尚未谋面的朋友。这位朋友，是一位值得信赖的德国人，纽伦堡举足轻重的商号老板。活跃在世界市场上的商界人士常会通过书信往来和他结交。他身材敦实，长着一张典型的纽伦堡人的脸，脸颊很宽，看上去颇为英俊。宽阔方正的前额上，稀疏地点缀着几绺微微发黄的头发。他儒雅而又博学，手上总是拿着一个烟管，看一眼便知是血统纯正、品行高尚的德意志人的后代。这些德意志人的身上有许多可敬的品质，即便是在七次侵略[①]法国之后，也没失掉他们温和的举止和优越的道德感。

这位陌生的朋友，笑起来单纯率性，听人讲话时全神贯注，喝起酒来也毫不含糊，似乎喜欢法国香槟，一点也不亚于喜欢他们淡黄色的德国白葡萄酒的程度。他的名字叫海曼，那种作家在创作中信手拈来、最普通不过的德国人名字。他端正地坐在桌子前，就像做什么都郑重其事似的，正以日耳曼民族特有的、享誉欧洲的好胃口大快朵

---

① 指历史上 1793 至 1815 年的“七次反法同盟”战争。这七次针对法国的军事同盟，前期是由于欧洲封建君主国出于对法国资产阶级大革命不断深入的恐惧而共同反法，后期则是联合抵抗拿破仑一世的军事扩张。叙述者口中七次对法国的“侵略”中，每一次皆有普鲁士或奥地利参与。

颐——可以说，正兢兢业业地与卡雷姆[①]的精湛厨艺说再见呢。

为了对客人表示尊敬，主人又邀请了一些亲密的朋友作陪，有资本家和商人，还有几位讨人喜欢的漂亮姑娘。她们的闲聊令人愉快，举止落落大方，倒是与德国人的真诚显得颇为合拍。确实，如果你像我一样，看到这么一群人快乐地聚在一起，看到他们缩回了只知攫取商业利益的利爪，一意追求的都是些生活的乐趣儿，那么你就没有什么理由憎恨高利盘剥，也不会诅咒他们破产了。人并非总是在作恶，我们可以想象，即使在一群海盗之间，也定会有那么一些甜美的时刻，他们邪恶的海盗船，变身为在大海中悠悠摇晃的快乐扁舟。

“我相信在咱们散席之前，海曼先生会讲个骇人听闻的德国故事吧？”

上甜点的时候，一位面色苍白的美丽姑娘这样说道。无疑，她读过不少霍夫曼[②]的故事和沃尔特·司各特[③]的小说。她是银行家的独生女，一位年轻迷人的可人儿，当时正在竞技剧场[④]接受教育，她酷爱那里的戏剧。此时此刻，宾客们正处于酒足饭饱后那种懒洋洋、沉默不语的幸福状态，尤其当我们高估了自己消化能力的时候，这种状态就更明显了。他们后仰着身子，躺在椅子上，手腕轻搭在餐桌的边缘，懒散地把玩着甜点刀镀金的刀刃。每当宴会到了曲终人散的时刻，你会看到有些客人在玩着梨核；有些用拇指和食指或中指，将面

---

① 卡雷姆（1784—1833），法国厨师，其烹饪风格深为皇室与巴黎新贵喜爱，被普遍认为是第一位享有国际声誉的名厨。

② 恩斯特·狄奥多尔·威廉·霍夫曼（1776—1822），德国作家和作曲家，德国浪漫主义的重要人物。此处的“故事”应该指霍夫曼的短篇小说集《卡罗特式的幻想篇》（1814—1815）。其后期有畅销书《夜间偶成》（1817）和《谢拉皮翁兄弟》（1819—1821），作品把丰富的想像和对人物性格的生动考察结合在一起。

③ 沃尔特·司各特（1771—1832），苏格兰作家，常被推崇为历史小说的创始者。作品背景多设置在中世纪，内容多为传奇故事。代表作有《罗布·罗伊》（1817），《米得洛锡安之心》（1818），以及《艾凡赫》（1819）。

④ 巴黎的一家剧院，成立于1820年，培训音乐（美术、艺术）学院的学生演出戏剧。巴尔扎克，大仲马、小仲马父子，均在此做过剧作家。

包屑搓成团；情人们用水果残片描着模糊不清的字母；吝啬鬼数着盘子中的水果核，像剧团经理在后台排练临时演员一样，给它们排兵布阵。这些美食的小乐趣，是布立雅沙瓦雷[1]在书中忽略了的，不然，他作为作家就功德圆满了。侍者已经走了，而上来的甜点就像一场战役之后的骑兵中队：所有餐盘已经遭到伤害，掳掠，破坏，有一些还在战场上四处游荡，尽管晚宴女主人努力让它们保持阵形。在座的客人中，还有些凝视着匀称地挂在客厅灰色墙壁上的几幅瑞士风景画。没有一位感到无聊的。事实上，我还从没见过有人在消化一顿美餐的过程中，会感到忧伤的。我们喜欢在这种时刻保持宁静，一种介于思想者的遐想与动物静静享受反刍快感的中间状态，一种我们可以称之为美食学的物质忧郁[2]的状态。

于是，现在，客人不约而同地转身看着那个优秀的德国人，很乐意听听他的故事，即便可能是个无聊的故事。在这种快乐的间歇时刻，讲故事人的声音对我们慵懒的感官来说，总是特别令人愉悦的。这种声音，能为我们的感官增添消极的乐趣——只需聆听，不需费力费神的乐趣。我这个喜欢捕捉印象的人，则兀自欣赏着身边的形形色色的面孔：一张张在烛光的映照下喜笑颜开的面孔，因微笑而充满生气，因刚享用过的佳肴而又有些红润。这各种各样的表情，在瓷篮、水果、玻璃杯与枝状大烛台的映衬下，别有一番趣味。

突然，我的想象被打断了，坐我正对面的那位客人的容貌，吸引了我的注意力。他中等个头，身材臃肿，笑眯眯的样子，有着证券经纪人一般的神情姿态。而且很明显，上天赐给了他一个平庸的脑袋。此前我几乎没注意到他，但是现在，烛光变化下他的面色黯淡下来，看起来像变了个人似的，令人毛骨悚然。他脸色青紫，你看了以后会以为，那是一张行将就木之人枯槁的面容。他像透视画上的人物一样一动不动，呆滞的目光盯着一只雕花玻璃瓶塞闪闪发光的棱面，眼神

---

① 布立雅沙瓦雷（1755—1826），法国政治家及美食鉴赏家，著有《味觉生理学》（1825）。

② 忧郁本应是精神上、心理上的，此处叙述者用“物质忧郁”戏谑地指称美食带来的忧郁状态。

一片茫然。他看起来像是陷入某种不知道是对过去还是对未来的诡异的沉思中。我久久审视那张令人困惑的面庞，不由得思索起来，心里想："他难道生病了？还是喝酒太多了？公债跌价，破产了？他在想着怎么蒙骗债主吗？"

"瞧！"我用手指着那张陌生男人的脸，对邻座说，"那不是一副将要破产之人的面相吗？"

"噢，不是！"她回答，"他是不够快活。"接着，她优雅地摇摇头，补充道："如果他会破产，那可是天下奇闻了！他拥有价值百万的地产。先前他是帝国军队的食品承办商，人挺好，而且颇有创见。虽然出于金钱的考虑，他结了第二次婚，但是他现任妻子过得很快乐。他有个漂亮的女儿，但是好多年都不愿认她。不过，他儿子在一场决斗中不幸遇害，他只好将她接回了家，不然，他就连女儿也没了。这可怜的女孩，一下子就成了巴黎最富有的女继承人之一。儿子的死去，使他沉浸在深深的悲恸中，现在还不时从他表情中流露出来。"

就在那时，食品承办商抬起头，目光落在我身上，那目光中充满阴郁的念头，让我感到不寒而栗。但是突然，他脸上又有了生气。他机械地拿起雕花玻璃瓶塞，塞到盘子旁边盛满水的玻璃瓶中，然后转身面向海曼先生，脸上露出笑容。毕竟，这个男人（现在又因为享用美食而变得好看起来）平庸得恐怕脑袋里装不下第二个想法，之前也是思想一片空白罢了。因此，我颇为自己感到羞愧，竟然浪费气力揣摩一个愚蠢资本家的"in anima vili"[①]。

正当我进行这些毫无价值的面相学观察时，那个可靠的德国人已经吸了一撮上好的鼻烟，准备开讲了。他讲故事时断断续续，又啰里啰嗦，而且还离题，很难用他的话来复述一遍。因此，我索性以我自己的方式将这故事记录下来，以作家的冷静来审视，删去他故事的旁枝末节，仅保留故事中有情趣、有诗意的部分。只不过我像一些作家那样，忘了在扉页上注明："本故事译自德国人之口。"

---

① 拉丁文：无价值的灵魂。

念头与行动

接近共和历[①]七年葡月月末，对应现行历法1799年10月20日的时候，两个一大早从波恩[②]出发的年轻人，在黄昏时刻来到安德纳赫的附近。安德纳赫是伫立在莱茵河左岸的一座小城，距科布伦茨[③]只有几里格[④]。那时，法国军队在奥热罗[⑤]的率领下，在当时占领莱茵河右岸的奥地利军前摆开阵仗。共和国的师总部就在科布伦茨，而奥热罗军团下属的一个半旅团[⑥]则驻扎在安德纳赫。

两位旅者都是法国人。即便是德国农民，只要看见他们蓝白相间、前襟为红色天鹅绒质地的制服，看到他们的军刀，尤其是他们头顶的绿色漆布质地、装饰着一根三色羽毛的帽子，也能认出这两位是法国军医。军医，这些品行优秀、投身科学的人士，通常情况下，不仅在我方军队，即便在被我方军队侵略的国家也受人欢迎。在这一时期，许多幸福人家学医的儿子，不得不因为朱尔丹将军[⑦]颁布的征兵法而中断学习，走上战场。他们自然倾向于在战场上继续他们的医学研究，而不是仅仅局限于履行那些与他们原来接受的医学教育与和平使命格格不入的军事职责。作为科学界人士，这些年轻人虽然脾性和

---

① 法国共和历，或称法国大革命历法，是法兰西第一共和国时期的革命历法，在法国大革命时期采用，以法兰西第一共和国诞生之日，1792年9月22日，为“共和国元年元月元日”。虽然已废弃不用，但当时的法国历史事件均用这种历法记载，如热月政变等。葡月为该历法中每年第一个月份。

② 德国城市，临莱茵河，在科隆以南。音乐家贝多芬的出生地。

③ 德国西部城市，位于莱茵河与缪塞河交汇处。1794年被法国占领，1815年转由普鲁士控制。

④ 长度单位；约等于三哩。

⑤ 夏尔·皮埃尔·弗朗索瓦·奥热罗（1757—1816），法国元帅。

⑥ 半旅团，或曰小型旅，在法国大革命时期由法国军队首次采用的军事建制。

⑦ 朱尔丹（1762—1833），法国元帅，1798年颁布大革命时期的征兵法，规定所有二十至二十五岁之间的单身、无子嗣男士均有义务服兵役。

气，却也有用武之地。在战火的苦难中，他们做了很多实在的好事，而且与来自其他国家（法兰西共和国的残忍文明所到之处的国家）的科学界人士，结成了深厚的友谊。

两位年轻人，每人携带一张通行证和一份由考斯特与贝尔纳多特[①]签署的助理外科医师委任书。他们是要去半旅团报道。两人均出身中等富裕家庭，都来自小城包菲[②]，那里人们温文尔雅的举止和对国家的忠诚似乎是一代代生生不息传承下来的。受战争舞台的吸引，他们在规定的报道日期之前，就不辞辛苦艰难跋涉到了斯特拉斯堡。尽管母亲出于谨慎，只给了他们每人一小笔盘缠，他们也觉得自己很富有了。在指券[③]贬值到不能再贬的程度、金子比银子贵好多倍的时期，他们手头拥有的几个苏，算是一笔不小的财富。我们两位年轻的军医，大约二十岁的样子，以年轻人的全部热情沉浸在他们所处的、充满诗意的环境中。在斯特拉斯堡与波恩之间，他们以艺术家、哲学家和观赏者的眼光参观了选侯区[④]，领略了莱茵河两岸的风光。在他们这个年纪，当命运注定要投身于科学，他们便会真正注意到身边的方方面面了。即便在做爱或旅行的时候，一位助理外科医师也会积累经验和见识，为他的前途和日后的名声打下基础。

两位年轻的小伙子完全被莱茵河两岸、美因斯与克隆之间的士瓦本[⑤]的景致深深倾倒了——任何有教养的人士看到这美丽的景致都会

---

① 让-弗朗索瓦·考斯特（1741—1820），法国军医，1796 年至 1803 年由督政府任命为荣军院的首席医生；让-巴蒂斯特·贝尔纳多特（1763—1844 年），生于法国波城，时任法国国防部长。

② 法国西北部一城市，以其十三世纪大教堂闻名。

③ 1789 年至 1796 年法国革命政府以没收之土地为担保所发行之纸币。

④ 选帝侯的选区。选帝侯是德国历史上的一种特殊现象。这个词被用于指代那些拥有选举罗马人民的国王和神圣罗马帝国皇帝的权利的诸侯。1356 年，卢森堡王朝的查理四世皇帝，确立了帝国的七个选帝侯，包括三个教会选帝侯：美茵茨大主教、科隆大主教、特里尔大主教，和四个世俗选帝侯：萨克森-维滕堡公爵、勃兰登堡藩侯、莱茵-普法尔茨伯爵，以及波希米亚国王。

⑤ 中世纪德国公国，包括今巴登-符腾堡州、黑森州、巴伐利亚州西部以及瑞士东部和阿尔萨斯的一部分。现为德国西南部历史文化名胜区。

情不自禁的。那景致强烈、丰富，生机勃勃又不单调，保留着封建王朝的记忆，常见常新，却又处处彰显着硝烟与战火的历史印迹，路易十四和蒂雷纳[①]火烧过这片美丽的土地。四周的残垣败迹，见证了这位凡尔赛宫国王路易十四的傲慢抑或是远见，他曾下令摧毁这些曾经装扮着这片德国土地的古老城堡。这片神奇的土地，覆盖着茂密的森林，充满着中世纪诗情画意的魅力，即便已成废墟，我们也可以想象当年德国人的天才、想象与神秘。

我们的两位朋友在波恩逗留，既为游乐，也为科学。高卢-巴达维联军和奥热罗师团的总医院就设立在选帝侯宫殿。两位新助理外科医师要去那儿看望同僚，把推荐信呈给他们的医疗主管，并初步熟悉一下他们的职务。人们盲目热爱故土，认为家乡才是最美丽的，并且死守着这些偏见不放。两位军医到了那儿以后（也像到了法国以外的其他地方一样），才抛却这种偏见。选帝侯宫殿的大理石柱让他们叹为观止，他们忙着赞赏德国建筑的宏伟瑰丽，发现到处都是新的宝藏，既有现代的，也有古代的。

他们悠闲地骑着马，沿路前往安德纳赫，时不时地沿着道路爬上花岗岩山的顶峰，傲视着其他山丘。透过林中空地或者岩石屏障的罅隙，他们偶尔能瞥见莱茵河，就像装裱在岩石画框里，或者由郁郁葱葱的植物点缀而成的画框中。山谷、幽径、树木，散发着引人遐思的秋日气息。树林的顶部开始变得金黄，因为上了年岁而泛出暖棕色。树叶一片片坠落，天空仍然蔚蓝，铺满黄叶的干燥土地，此刻在落日余晖的映照下，就像风景画中一道道金黄的线条。离安德纳赫一英里半的地方，一条羊肠小径横越高耸的青色花岗岩石壁，石壁中间是翻腾着泡沫的莱茵河，我们的两位朋友牵着马，默默地沿着这条小径走着，仿佛战争的硝烟还没有弥漫到这片美丽的土地上。不多时刻，他们便从峡谷的一处斜坡走下。在峡谷最底部坐落着一座小城，像娇羞的少女一样静静地躺在河岸上，为水手们提供一处便利的停靠港。

---

① 法国军事领袖，原名亨利·迪·拉图尔·德奥韦涅（1611—1675）。曾经与路易十四在权力转移战争（1667—1668）中共同担任法国军队的指挥。

“德国真是美丽的国度!”其中一位年轻人大声赞叹着。他的名字叫普罗斯佩·玛尼昂。说这话的时候，他看到安德纳赫白色的房屋，像鸡蛋一样挤在一只篮子里，它们之间隔着的，是一片片树木、庭园和花卉。接着，他又欣赏了一下尖尖的屋顶、飞翘的屋檐、木质的楼梯和上千幢宁静住宅的回廊，还有在港口中随着波浪摇晃的船只。

海曼先生讲出“普罗斯佩·玛尼昂”这个名字时，坐我对面的食品承包商，抓起玻璃瓶，倒了一杯水一饮而尽，这个动作引起了我的注意。我想，我发现这个资本家的手有一丝轻微的颤抖，额头上沁出几滴汗来。

“那个男人叫什么?”我问我的邻座。

“泰义斐。”她回答。

“你不舒服吗?”我问他。我察觉到这个怪人脸色一片苍白。

“一点儿也不。”他说着，礼貌地做了一个表达感谢的手势。“我在听故事呢。”他补充说道，对着其他客人点了点头，那时他们也一同看着他。

“我已经忘了另一个年轻人的名字，”海曼先生说，“但是，从后来普罗斯佩·玛尼昂向我透露的信息中可以得知，他的同伴肤色较暗，人很瘦，性格较为快活开朗。为了更方便理解下面的故事，如果你们不介意，我将称他为威廉[①]。”

这个可靠的德国人丝毫不顾浪漫以及地方色彩，以一个日耳曼式的名字为年轻的法国军医洗礼之后，重又开始了他的叙述。

两位年轻人抵达安德纳赫的时候，夜色已深。他们猜测，等他们找到医疗主管，再由主管在本就挤满了士兵的城中安排好宿营，得花去不少时间，所以他们决定在一家旅馆打发掉最后一个自由的夜晚。这家旅馆距离安德纳赫三四百英尺。他们还在小城上方山顶的时候，旅馆外部因为红彤彤的落日的点缀显现出的浓郁的色彩，就引得他们大为赏叹。旅馆整个儿被漆成红色，在这片风景中产生了最为有趣的

---

① 原文 Wilhelm，是法国男子名 William（威廉）的德语拼法，因此下文叙述者“我”说海曼先生不顾浪漫和地方差异，给年轻的法国军医起了个日耳曼式的名字。

效果：它与小镇的整体背景格格不入，猩红色的外表与周围青翠的树叶、灰蓝色的河水也产生了强烈对比。因它外部的装潢，旅馆被称作红房子旅馆。无疑，这外部的装潢是它任性的建造者当年的随性之作。之后它历次的业主都知道在莱茵河的水手中广为流传的商人的迷信，自然不会无所顾虑地为旅馆保留这个名称。

听到马蹄的声音，红房子旅馆的主人来到了门口。

“老天在上！先生们，”他大声说，“再晚一会儿，你们就得睡在星空下了，就像你们在安德纳赫的另一侧露营的多数同胞一样。现在小店的每个房间都满了，如果你们想睡在舒服的床上，只能给你们我自己的房间了。至于你们的马，我可以把它们牵到庭院的角落去，因为马厩里也睡满人了。先生们，你们从法兰西过来的吧？”他稍微暂停一下，又补充问道。

“从波恩，”普罗斯佩大声说，“我们从早上起就没吃过任何东西了。”

“噢！至于食物，”旅馆老板点着头说，“你们太幸运了，有人从三十英里外的地方来到红房子旅馆，让我们给准备婚宴。你们会像王子一样吃上丰盛的食物，莱茵河的鲤鱼，其他的，我就不用多说了。”

两位年轻人将他们疲倦的骏马交托给旅馆老板照顾，老板大声地叫着旅馆的马夫。两位年轻人走进了旅馆的公共大厅，大厅中无数抽烟的人吞云吐雾。他们一开始看不清屋子里都是些什么人，因为浓浓的白雾挡住了他们的视线。两位颇有哲学家风度的旅行者知道大惊小怪毫无用处，便耐心地在桌子旁稍作等候。片刻之后，终于能在团团烟雾中辨清一家德国旅馆必不可少的那些陈设：火炉、时钟、成罐的啤酒、长长的烟管；四下里长相古怪的犹太人或德国人，还有一张张饱经风霜的水手的脸。几位法国军官的肩章在缭绕的烟雾中熠熠生辉，石砖铺就的地板上不断回响着靴刺和军刀的声音。一些人在玩牌，另一些人在争论不休，还有一些人在默不作声地吃饭喝酒，或四处走动。有位矮胖的妇女，编着头发，戴着黑色天鹅绒无边帽，身着蓝灰色围裙，拿着针垫、钥匙串和银别针，这些特殊的标志表明她是这家德国旅馆的女主人（这种装扮在彩色版画中常常可以见到，在此无需多加描述）。总之，这个旅馆老板的妻子本领不凡，让我们的两位朋友在焦急与耐心的情绪交替中等待着食物。

渐渐地，大厅越来越安静，各色旅客都回到自己房间，团团的烟雾也消散了。当餐具给两位年轻人摆好，地道的莱茵河鲤鱼也端上餐桌时，时钟正敲响十一下，大厅也终于空了。在这寂静的夜里，年轻的军医能隐约听到他们的马吃秣料的声音，莱茵河流水的汩汩声，还有那些旅馆里入住的旅客总是在准备就寝前发出的难以形容的、让旅馆充满生气的声响：开关门窗的声音，喁喁低语的声音，还有走廊上回响的几句问询的声音。

在这寂静又骚动的时刻，两位法国人和旅馆老板有些好奇地听着正向码头靠拢的船只中水手沙哑的喊声。这之前，旅馆老板在夸耀着安德纳赫、他的旅馆、他的厨艺、莱茵河的葡萄酒、共和国的军队以及他的妻子。旅馆老板无疑很熟悉船夫沙哑的叫喊声，匆忙走了出去，不久便领进来一位矮而敦实的男人。男人身后跟着两个水手，搬着一只沉重的旅行箱和几包行李。他们把这些东西放在大厅中，矮个子男人拿起旅行箱，放在他身边，这时他已不客气地坐到军医的桌子旁。

“到你们自己船上睡吧，”他对船夫说，“旅馆客满了。相比较而言，这是最好的安排了。”

“先生，”旅馆老板对新来的这位说，“旅馆只剩下这些食物了。”说话时老板指了指上给两位法国人的晚餐，“小店连一片面包、一根骨头都没有了。”

“没有泡菜吗？”

“还不够装满我老婆的针箍呢！就像我刚对您讲的，除了您现在坐着的这把椅子，小店没床给您睡了。除了这间公共客厅，再也没有其他房间了。”

听到这些话，矮个男人看了老板、客厅还有两位法国人一眼，目光中一半是谨慎，一半是警觉。

“说到这儿……”海曼先生停下来，说，“我应该告诉你们，我们既不知道这个人的真实姓名，也不知道他的来历。他的身份证明文件表明他来自艾克斯拉沙佩勒[1]，他称自己为瓦朗菲尔，说他在新维德的郊区拥有一座颇具规模的胸针制造厂。和那个地区所有的制造商一样，他穿着普通布料的男式大衣、马甲和墨绿色平绒马裤，脚蹬一双结实的靴子，腰系一根宽皮带。他的脸略显圆胖，举止姿态坦率真诚。但是那天晚上他似乎无法完全掩饰内心暗藏的忧惧，或者是某种焦急的忧虑。旅馆老板一直认为这位德国商人想逃到国外去。之后，我听说他的制造厂不幸遭到火烧，这种事在战火纷飞的年月里频频发生。尽管表情焦虑，从男人的脸上我们依然能看出他是个很和善的人。他相貌英俊，那结实的喉结在黑色的领结衬托下更显白皙。威廉还逗趣地向普罗斯佩指出这一点。”

听到这儿，泰义斐先生又喝了一杯水。

普罗斯佩殷勤地邀请商人和他们共进晚餐。瓦朗菲尔接受了提议，毫不客气，就像他感到自己有能力还上这份人情似的。他把旅行箱放在地板上，脚踩在上边，脱下帽子和手套，摘下腰带上别着的两只手枪。这时，旅馆老板已为他摆好刀叉，三位客人开始默不作声地满足他们的食欲。房间里空气闷热，无数只苍蝇飞来飞去。普罗斯佩请老板打开对着外面大门的窗户通通空气。这窗子用一根铁棍在里边挡着，铁棍两端插进开在窗框里的洞孔里。为了更保险起见，每只窗板上还用螺丝固定了一只窗栓。普罗斯佩无意中注意到老板清除这些障碍、打开窗户的步骤。

既然谈到了窗户方位，此处我不妨跟你们描述一下旅馆的内部环境，因为对故事的理解取决于对旅馆环境的精确了解。我跟你们提到的三位旅者坐着进餐的地方，是公共大厅。大厅有两扇通往外部的门。一扇门对着沿着莱茵河边缘、通往安德纳赫的大路。旅馆的前方是一座小码头，商人雇来出行的船只就泊在那儿。另一扇门通往旅馆的庭院，庭院周围环立着高墙，目前里面聚满了牛和马匹，马厩里也睡满了人。通往庭院的旅馆大门被从里边牢固地挡死了，因此为了节省时间，之前老板领商人和船夫进大厅是从通往大路的那扇门过来的。应普罗斯佩·玛尼昂的要求打开窗户后，老板关上了这扇门，插

---

① 亚琛的法语说法，为德国西部城市，位于科隆西北方。

上铁棍，销上门栓。两位军医晚上要歇脚的旅馆老板的房间，与公共大厅毗邻，与厨房之间只隔着一层薄薄的隔墙。可能旅馆老板和他妻子就打算在厨房过夜了。旅馆女仆已经离开了旅馆，准备在某个秣槽或者干草棚寻一处栖身之所。因此，很容易看出，厨房、老板的卧房和公共大厅，某种程度上是孤立于其他客房的。庭院里有两只大狗，它们低沉的吼叫声，表明它们很警惕，是两名很容易惊醒的看家犬。

“多么寂静啊！多么美丽的夜晚啊！”威廉透过窗户望着夜空，感慨着。这时老板正从里边挡好门。

河水拍打码头发出的声响，是唯一可以听到的声音。

“先生们，”商人说，“请允许我为你们买几瓶葡萄酒，给你们下菜。我们喝点酒，来缓解一下白日的疲乏吧。从你们的姿态和衣着来看，想必一定和我一样，白天走了好一段旅程吧。”

两位朋友接受了他的好意。旅馆老板经由一扇门穿过厨房去酒窖了，无疑，酒窖也在这部分建筑的下方。不一会儿，老板带着五只古色苍然的瓶子上来，摆在桌子上。他妻子也端来了其余的菜。她像女主人该做的那样，扫视了一下房间和菜肴，确定已经照顾到了旅客的一切需要，就回厨房了。

他们邀请老板一起饮酒。四个男人并没有注意到老板的妻子上床睡觉的动静。但是之后，在他们谈话间歇的沉默中，他们却听到一阵阵响亮的鼾声，而且，因为她安睡其中的顶楼仅仅是由薄板隔开的，这鼾声就更加响亮了。客人听见都禁不住笑了，丈夫也是。接近午夜时分，当桌子上所有的食物均被扫荡一空，只剩下饼干、奶酪、干果和美酒的时候，客人，主要是法国人，话也变得多起来。两位法国人聊到他们的家乡，聊到他们的医学学习，还聊到了战争。气氛变得活跃起来。善良温柔的普罗斯佩·玛尼昂以坦率天真的口吻谈到，当他现在在莱茵河畔坐着饮酒时，不知道他的老母亲此时此刻会做些什么。听闻此言，商人的眼里涌出了泪花。

“我仿佛看见她在做睡前的祷告，”普罗斯佩·玛尼昂说，“她放心不下我。她肯定会自言自语，‘我可怜的普罗斯佩，不知道他现在在哪儿呢！’如果她从邻居那赢几个苏——可能从你母亲那儿呢——”他轻轻碰了下威廉的胳膊肘，补充说，“她就会存在那只红色的大陶罐里。她一直在攒钱，等攒够了钱，好在她莱舍维尔的小块地产旁边购置三十英亩土地。那三十英亩土地至少价值六万法郎。多么肥沃的土地啊！啊，如果我能拥有这些土地，我愿意一辈子住在莱舍维尔，再没其他奢望了！我父亲曾经多么渴望得到那三十英亩土地啊，还有蜿蜒流过草地的小溪！但是直到他去世的时候，我们也没能买上。那里我过去好多次，还在那里玩耍的呢！”

“瓦朗菲尔先生，你没有什么‘hocerat in votis’[①] 吗？”威廉问。

“有，先生，但是已经实现了，而现在……”

这位善良的商人沉默了，没有继续说下去。

“至于我……”旅馆老板说，这时他脸已显出酡红，“我去年买了一块地，这块地我一直盼啊盼啊，都盼了十年了。”

他们像喝多酒的人那样，口无遮拦地聊了下去，而且每个人都开始真诚地喜欢上彼此。这是我们在旅途中从来也不吝啬的情感。就这样，到了该互道晚安、分别的时刻，威廉要求把床让给商人。

“你不用考虑，接受吧。”他说，“我可以和普罗斯佩睡一起。这不是我们第一次睡一起，也不会是我们最后一次。您是长者，我们理应尊敬老人!”

“我真蠢!”旅馆老板说，“我妻子床上有好几席床垫，我可以拿一床下来，铺在地板上。”

这样说着，他走开了，走的时候，他关上了窗户。他关窗时动作谨慎，只发出轻微的声响。

“我接受你们的好意。”商人说。“事实上，我承认，”他补充说，并压低了声音，看着两位法国人，“我还非常希望这样呢。我觉得，我的船夫有些让人不放心。我很乐意与两位勇敢的年轻人，两位法国士兵一起，度过一夜。因为，请你们一定为我保密，我旅行箱里，装着价值十万法郎的金子与钻石。”

德国人透露出这秘密后，感觉自己很轻率。但是两位年轻人听了后，友好地加以提醒，这似乎让他又放下心来。旅馆老板帮忙拿下了一床床垫。当一切安排妥当后，他向他们告了晚安，离开睡觉去了。

---

① 拉丁文，“心愿”。

商人和两位军医，拿他们枕头的质地逗笑了一番。因为没有长枕，普罗斯佩掀起床垫，用他和威廉装手术设备的箱子垫在下面，做长枕用。为了小心起见，瓦朗菲尔把旅行箱放在了他自己的枕头下面。

“我们都是睡在我们的财富之上，”普罗斯佩说，“你的财富是黄金，我的财富是手术设备。不知道有一天，我的财富能不能为我带来你现在所拥有的那么一笔财富。我们还得拭目以待啊。”

“你不妨这么希望，”商人说，“努力加诚实，一切皆有可能，当然，还要有耐心。”

很快瓦朗菲尔和威廉就睡着了。也许是因为铺在地板上的床垫太硬，也许因为白天的极度疲乏导致了失眠，也许是某种致命的力量在影响着普罗斯佩·玛尼昂的灵魂——这都说不准，但是无疑的是，他一直清醒着，无法入睡。不知不觉，他动了邪念。现在，他的脑海里挥之不去的，就是躺在商人枕头下的那十万法郎。对于普罗斯佩·玛尼昂来说，十万法郎是一大笔现成的财富。他开始幻想无数种花费这笔钱的方式。他做起白日梦来，就像我们在进入睡眠前的时刻，经常急切地、美滋滋地做的梦那样。在那样的时刻，混乱的形象在我们脑海里一个接一个地涌现，而且，常常在夜的寂静中，思想获得了某种神秘的力量。他满足了他母亲的心愿，他购买了那三十英亩草地，他娶了家乡包菲那位因为现在不够富有想也不敢想的年轻姑娘。有了十万法郎，他设计出了一生的幸福。他看到自己成为一家之主，飞黄腾达，家财万贯，在本省受人尊敬，而且可能还做了包菲的市长。他头脑发热，他要想办法让幻想变为现实，他开始狂热地在脑海中计划如何犯罪。在想象着商人死去的时候，他清楚地看到一堆堆黄金和钻石，它们发出的光芒让他感到眼花缭乱。他的心怦怦跳着。无疑，意念犯罪，也已经是罪孽了。他为那么一堆黄金着了迷，沉浸在为谋杀所做的道德辩护中：他问自己，那个不幸的德国人有活着的必要吗；他假设，如果商人的那个旅行箱根本就没存在过呢。总之，他开始计划怎么做才能万无一失，不受惩罚。河的对岸被奥地利的军队占领着，窗户下躺着船和船夫，他可以割破商人的喉咙，把尸体丢进莱茵河，然后拿着那只旅行箱跑路；用金子贿赂船夫，把他渡到河对岸奥地利人那里。他甚至开始算计起自己使用外科手术设备的职业能力，是否能够一刀割破商人的喉咙，不留给他喊半声救命的机会。

听到这里，泰义斐先生擦拭了一下额头，喝了一小口水。

普罗斯佩慢慢起身，没弄出一点声响。等确保没吵醒另外两位之后，他穿上了衣服，走进公共大厅。人在某些场合下会忽然发现自己拥有致命的智慧，囚徒或罪犯也从不缺少计谋与意志力——就是凭借这几项素质，在大厅里，普罗斯佩拧下固定铁棍的螺丝，利索地卸下铁棍，没弄出一点声响。他把铁棍倚在墙上，打开窗板，身子重重地压着窗板的折叶，以免发出“吱嘎”的声音。苍白的月光从窗户照射进来，普罗斯佩能够模糊看到，威廉和瓦朗菲尔还在房间里熟睡着。普罗斯佩后来告诉我，他在那儿静静站立了片刻。他的心怦怦跳着，跳得那么强烈，那么重，那么响，他感到害怕了，他怕他下手的时候不够冷静。他的手颤抖了，他的脚底板就像踩在了又红又热的炭块上，无法挪动半步。然而，他明显是幸运的。计划执行得那么顺利，他幻想他看到这一切似乎是命运在眷顾他，似乎是冥冥中注定好的。他打开窗户，回到了睡觉的房间，拿出装手术设备的箱子，选了一件最适合下手的工具。

“当我站在床边的时候，”他对我说，“我下意识地把自己托付给了上帝。”

就在他举起胳膊、聚满全身力量准备下手的时刻，他好像听到身体里发出一个声音。他确信，他看到了一线光亮。他猛地把工具扔到床上，逃到了隔壁的房间，站在窗户前。在那里，他感到了对自己深深的厌恶，他感到自己道德力量的虚弱，害怕还会屈服于引诱他的那个魔咒。他跳出了窗户，来到了大路上，沿着莱茵河岸走着，在旅馆前方像哨兵一样踱来踱去。有时候，他甚至在匆匆又沉重的步伐中，走到了安德纳赫；有时候，他不知不觉爬上了之前来旅馆时走下的斜坡；有时候，他走到看不见旅馆，看不见他身后敞开着的窗户了。他说，他的目的是要让自己疲倦，这样才能睡下，心无杂念，不做他想。

终于，当他走在无云的夜空下，望着星星，或许是夜间更纯净的空气和河水拍岸的忧郁感影响到了他，他陷入遐想，并且渐渐地恢复了清醒，恢复了理智，恢复了善念。理性最终驱散了他一时的疯狂。他回想起教育对他的垂训，宗教对他的训诫，最重要的（他这样告诉我），是他回忆起在父母檐下简单的生活，这一切帮助他驱走了邪恶的念头。他告诉我，当时在岸边，他的手肘撑在一块岩石上时，他想，也许在这久久的冥思之后，回到旅馆时，他尚且不能有睡意，但是他一定能够看着百万的黄金而不受诱惑了。就在他道德的力量在良心的挣扎中骄傲地、强劲地上升的时刻，他感到一阵幸福的狂喜。他跪在地上，感谢着上帝。他感到快乐、轻松、满足，就像他第一次参加圣餐式似的，那天他觉得自己甚至配得上做天使，因为他既没在思想上也没在语言或行为上犯下任何罪孽。

他回到旅馆，关上窗户，也不怕弄出声响了。接着，他上了床，道德上和肉体上的疲乏，一定会让他快速进入睡眠的。他的头刚枕上床垫不多一会，就陷入了最最深度的睡眠之前那种似睡似醒的状态，渐渐地他失去了知觉，生命像一点点被抽走，思想不连贯，意识最后的震颤就像是陷入幻觉似的。“空气多闷啊！”他想，“我就像是在呼吸潮湿的水汽。”他模模糊糊跟自己解释，这可能是因为河边纯净的空气与房间封闭着的氛围产生的强烈对比造成的错觉。但是，稍后他就听到一阵有规律的声响，就像水滴从龙头滴入喷泉池发出的声响。在一阵强烈恐惧感的驱使下，他几乎就要起床喊旅馆老板，叫醒瓦朗菲尔和威廉了。但是，他突然记起那个高高的木钟，他以为那声响是钟摆发出的声音（唉！这真是他的不幸）。然后，他就在那混乱模糊的知觉中进入睡眠了。

“你要喝点水吗，泰义斐先生？”晚宴的主人，那个银行家问道，他留意到泰义斐先生木然地从空玻璃瓶里往外倒水。

在这短暂的停顿之后，海曼先生继续叙述他被打断的故事。

第二天早上，普罗斯佩·玛尼昂被一阵嘈杂声吵醒。他似乎听到一片尖锐的叫喊声，感到每根神经都在剧烈地战栗。当我们醒来，感到梦里痛苦的印象持续延伸到现实中时，也会经历他这样的痛苦。我们的身体中发生了一件生理学上的事实，用常人的话说，是感到一阵惊悸。这种事实还没有得到足够的观察，尽管对于科学来说是非常令人好奇的现象。这种痛苦，可能是由我们睡眠所分隔开的，人类本性的两个领域，在醒来时突然重又相聚造成的，而且通常都很短暂。但是，在这可怜的年轻军医身上，这种痛苦持续着，甚至变得更强烈，当他发现瓦朗菲尔的床和他自己的床垫之间有一汪鲜血的时候，他突然产生了深刻的恐惧。那个不幸的德国人已经身首异处。头颅在地上，身子还躺在床上，所有的鲜血都是从脖子那儿流出的。

看着那颗头颅仍然睁着眼珠子一动不动，看着鲜血浸染了床单，甚至弄脏了他的双手，认出自己的手术工具就躺在尸体旁边，普罗斯佩·玛尼昂昏厥过去，倒在了瓦朗菲尔的血泊中。他后来对我说："这是对我邪念的惩罚。"当他苏醒过来时，发现自己已经在公共大厅中了。他坐在椅子上，被一圈法国士兵围着，面前是一群好奇的看客。他呆呆地看着一位法兰西共和国的军官忙着为几名证人做口供，毫无疑问，他是在为办案程序做详尽的笔录。人群中，他认出旅馆老板、老板的妻子、那两个船夫，还有红房子旅馆的仆人。凶手使用的作案工具是外科手术工具……

听到这里，泰义斐先生咳了一下，掏出手帕，擤了把鼻涕，擦拭了一下额头。只有我注意到了这些自然得无可挑剔的动作，其他客人都坐在座位上，目光聚在海曼先生身上，津津有味地听着他的故事。这个食品承包商，右手肘撑在桌子上，手掌托着脑袋，也一动不动地盯着海曼先生。从那一刻起，他没再流露出任何感情或者感兴趣的样子。他的脸保持着了无生气、苍白可怖的形象，就像之前他把玩玻璃瓶瓶塞时我看到的那样。

凶手用的手术工具，装着其余手术设备的箱子，连同普罗斯佩的钱包和身份证明文件，都放在桌子上。汇聚起来的人群，一会儿盯着这些物证，一会儿盯着年轻人。他失去了一半神采的眼睛里，眼神一片茫然。外面传来的混乱的低语声，表明旅店门前也有一大群人。这桩谋杀案的消息抑或是想目睹凶手的好奇心，驱使着他们来到了旅馆附近。盖过这些民众的声音的，是公共大厅窗户下驻守的哨兵的脚步声，和他们的装备发出的"咔嗒咔嗒"的声响。然而，旅馆是关门了，庭院里也是空空的，一片静默。

普罗斯佩·玛尼昂几乎承受不了那个收集证词军官的目光。突然，他感到有人捏了下他的手，他抬头看去，想看看在这充满敌意的人群中，谁会是他的声援者。从那人的制服来判断，普罗斯佩认出，他是当时驻扎在安德纳赫半旅团的主任军医。那人的目光是那么锐利，那么冷峻，让可怜的年轻人一阵战栗，头耷拉在了椅背上，失去了知觉。一名士兵往他鼻孔里灌了些醋，他清醒了过来。然而，他憔悴的目光了无生气，没有一丝神采。那名军医给他把脉之后，说：

“上尉，目前还不能审问他。”

“好吧，把他带走！”上尉打断了军医，对疑犯身边的下士说。“你这该死的懦夫！”他压低声音，继续对普罗斯佩说到，“在这些德国杂碎面前，至少挺直你的身子走路，给法兰西共和国挣点面子吧。”

这句话似乎让普罗斯佩清醒了几分。他起身，向前走了几步，但是，当门打开，受到外面新鲜空气的刺激，看见眼前涌来的人群时，他蹒跚了几步，腿又软了下来。

“这个江湖医生，懦夫，真是死不足惜！起来！”两名负责押解他的士兵叫道，边用胳膊扶起他。

“他在那儿呢！噢，这个恶棍！懦夫！他来了！在那儿呢！”

人群的叫喊似乎是异口同声的，他们嘈杂的喊声夹杂着辱骂尾随在他身后，每走一步，就更为响亮起来。从旅馆通往监狱的过程中，人群和士兵沉重的脚步声、各种谈话的低语声、清凉的空气、安德纳赫小城的市貌、莱茵河水粼粼的微光，所有这些印象在这位年轻人的灵魂面前逐一闪过，模糊、混乱、麻木，就像自他醒来所感受到的知觉一样。有几刻，他说，他感到自己像死了一般。

那时我正在监狱里。就像我们大家在二十来岁时都会表现得那样，我一腔热血激情，要保卫我的国家。我在安德纳赫附近组织了一队雇佣兵，由我带领着他们。在旅馆出事前几天，一天夜里，我们迎面遭遇了一支法国分遣队，他们有八百名士兵，而我们至多只有二百名。我的侦察兵出卖了我，我被投进安德纳赫的监狱。法国人决定要枪决我，以便杀一儆百，他们还谈到报复我之类的话语。还好，我父亲争取到三天缓刑期，能有时间拜见奥热罗将军，向他求一份特赦令。我父亲认识将军，将军批准了我的特赦。就这样，当普罗斯佩·玛尼昂被带进监狱的时候，我恰巧见到他了。他激起了我身上最深切的同情，尽管面色苍白，魂不守舍，脸上还有血迹，但他面色中有种纯真诚实的特质，给我留下极其深刻的印象。在我看来，他长长的、漂亮的头发，清澈湛蓝的眼睛，看起来和我的同胞一般模样。他的形象，就是我不幸祖国的化身啊。我感到他才是受害者，而不是凶手。当他从我窗户下经过的那一刻时，他碰巧露出那种疯狂的人突然恢复神智，被一束转瞬即逝的理智之光照射时，才会露出的那种痛苦忧郁的笑容。那种笑容，绝对不是一名凶手该有的。我见到看守时，向他打听了这个新囚犯的情况。

“从我把他关进牢房开始，他就没开口讲过话。”看守回答说，“他坐着，头埋在双手中间，要么在睡觉，要么在反思他犯下的罪过。明天早上就是清算他罪孽的时刻，二十四小时之内，他就会被枪决。”

那天晚上，我利用在监狱院子里放风的短暂时刻，一直停在他囚房的窗户下。我跟他聊了起来，他原原本本地向我叙述了发生在他身上的那件怪事。对于我好奇地询问，他也一一回答，回答中明显透着诚恳。在那次聊天之后，我不再怀疑他的清白。我请求能和他相处几个小时，得到了准许。我隔一段时间又去看他，可怜的小伙子毫无保留，将他的想法对我和盘托出。他认为自己既是清白的，也是有罪的。他想着那可怕的诱惑，尽管他最终抵挡住了，但是他担心，他在睡着的时候，也许在一阵梦游中，犯下了他清醒时幻想的罪恶。

“但是你的同伴呢?”我问他。

“噢!”他急切地大声说到，“威廉不可能做出……”

他甚至没说完这句话。听到那句热心诚恳的辩护（体现着青年人的涉世未深和男人互相信任的美德），我捏了下他的手。

“他醒来以后，”普罗斯佩继续说，“肯定被当时的场面吓坏了，失去了冷静。毫无疑问，他吓跑了。”

“没叫醒你就跑了?”我说，“那么，你的辩护就容易了，瓦朗菲尔的旅行箱不可能被人偷走。”

突然，他哭了起来。

“噢，是的!”他哭道，“我是清白的，我没杀人!我记起我的梦境了，我和同学在打圆场棒球。当我在梦中奔跑的时候，我不可能在现实中，砍下一个人的头啊。”

接着，尽管这希望的曙光给了他片刻的宁静，他感到一阵悔恨，这悔恨几乎将他击垮。是的，他扬起了胳膊，试图谋害那个人，事实上他没有。他在内心对自己作了审判，他感到，在意念中犯罪，心灵也不再清白了。

“但是，我是好人啊！”他大声喊道，“啊，我可怜的母亲！恐怕现在这个时候，她正开心地在她那挂着壁毯的小客厅里，与邻居玩纸牌呢。如果她知道我扬起手，要谋害一个人的性命……噢！她会难过死的！而我却身在监狱，被控杀人！即便我没杀人，我肯定也会害死我母亲的！”

说这些话时，他已经不再哭泣，突然，他像典型的皮卡第[①]人那样，一阵短暂的疯狂发作，跳起来就往墙上撞去，如果不是我一把抓住他，他一定会撞得脑浆迸裂。

“等待审判。”我说，“你是无辜的，他们肯定会判决你无罪的。要为你的母亲着想。”

“我的母亲？”他狂乱地喊道，“没等到什么审判，控告我的消息就会先传到她耳朵里的，在小镇子都是这样的。这震惊的消息会害死她的。而且，我并不是清白的。我要告诉你全部的真相吗？我感到，我已经失去了良心上的贞洁。”

在那骇人的坦白之后，他坐下来，双臂交叉于胸前，下巴贴着胸口，阴郁地瞅着地面。就在这个时候，看守过来命令我回自己的牢房去。在同伴深陷绝望的时刻，却要离他而去，我感到无比痛心。我像朋友那样把他紧紧拥入怀中，说：

“耐心等待，一切都会过去的。如果一个诚实的人说的话，能打消你对自己的怀疑，相信我，我尊重你，也信任你。接受我的友谊，如果你在自己的心中找不到宁静，那么，请依赖我的心吧。”

第二天上午九点的时候，下士派警卫带走年轻的军医。听到士兵的声音，我站到囚室的窗户前，看个究竟。他穿过院子的时候，抬头向我看来，我永远忘不了他的目光，深邃，似乎预示着不祥，充满了无奈，而且有着我说不上来的悲伤和忧郁。可以说，那是他最后的遗愿，无言但是可以意会，他是想把自己失去的生命留给我，他唯一的

---

① 皮卡第，法国北部历史区。

朋友。前一天的夜晚，对他来说一定非常难熬，非常孤独。然而，他苍白的面色中还透着一股泰然，这一定是他重新找回的自尊给予他的力量。可能，他觉得他的悔恨已经涤净了他的心灵，他相信他所受的痛苦与屈辱，已经抹消了他的罪孽。现在他走路时步伐坚定，而且前一晚，他就把无意中沾到身上的血迹冲洗干净了。

“一定是我睡觉的时候，手浸到了血泊里，我睡觉总不安稳。”之前他这样对我说过，声调中透着可怕的绝望。

我得知他这是要去战时审议会接受审判。师部军队第二天就要开拔，指挥官不愿意在案发当地没查清案件之前就离开安德纳赫。审议会持续期间，我一直焦躁不安，最终，在约莫中午的时候，普罗斯佩·玛尼昂被带回来了，那时正是我往常放风的时刻。他看到我，向我走过来，扑进了我的怀里。

“完了!”他说，“完了！没希望了！现在，全世界都知道我是个杀人犯了。”但是他依然骄傲地抬起头，又说：“这样的不公，反倒让我觉得，我恢复了清白。我的生活是不幸的，但是我的死亡会让我无可指摘。只是，还会有来世吗?”

他那突然的一问，将整个十八世纪都置于了怀疑之中。他仍然在沉思。

“告诉我，”我对他说，“你是怎么回答他们的审问的。你有没有把你告诉我的那些简单的事实告诉他们?”

他怔怔地望了我片刻。接着，在那可怕的停顿之后，他非常激动地回答：

“他们先是问我，‘夜里你有没有离开旅馆?’我说，‘是的。’‘怎么离开的?’我回答：‘从窗户那儿。’‘那么你动作肯定非常小心，旅馆老板没听到任何声响。’我呆住了。水手说，他们看到我走动，先去了安德纳赫，接着又去了树林。他们说，我去了好几处地方，无疑，是为了埋藏金子和钻石的。没有人找到那只旅行箱，因为良心的愧疚，我仍然缄默。但是当我想说话的时候，一个无情的声音向我喊道：‘这桩罪行是你早就策划好的!’一切都对我不利，甚至我自己也是。他们问我我的同伴的情况，我为他做了彻底的开脱。接着他们对我说：‘这桩罪行，要么是你干的，要么就是你同伴、旅馆老板或者他妻子。因为，今天早上发现案情时，所有的门窗都是从里边锁得实实的。’听到这话……”可怜的年轻人继续说道，“尽管我想回答，可是我既发不出声音，也没有气力、没有心思来回答他。我对我同伴，比对我自己还有把握，我怎么能控告他杀人呢？我意识到，他们认为我们两人共同犯下了这桩罪恶，而我是两人中较笨的那个。为了保护我的朋友，我试图解释说，我是在梦游中杀人的。但是，我的解释不着边际，前言不搭后语。的确，我已经不知所措了。我在法官的眼神中，读出他们对我的非难，他们的笑容充满对我的怀疑，完了，一切都结束了，事实再确定不过了，明天我就会被枪决。我想的不是我自己，”他停顿了一下，继续说道，“而是我可怜的母亲。”说着他停下了，双眼望着苍穹，眼里没流出一滴泪。他双眼已经干涸，强烈地痉挛着：“弗雷德里克……”

“啊！对。”海曼先生大声说，脸上露出胜利的神情，“对，另一个年轻人叫弗雷德里克，弗雷德里克！我现在记起来了！”

我的邻座踢了下我的脚，示意我看泰义斐先生。这位旧日的食品承包商，不经意用双手蒙住了眼睛。但是，我们相信，透过他手指的缝隙，我们可以看到他双眼冒出一团黑暗的火焰。

“嗯哼？”她凑到我耳朵边，小声说，“如果他的名字是弗雷德里克，该怎么办？”

我没有回答，瞥她一眼，暗示她：“安静！”

海曼继续讲述：

“弗雷德里克！”年轻军医大声喊道，“弗雷德里克卑鄙地抛弃了我，他一定是害怕了。恐怕他现在还躲在旅馆里呢，那天早上，我们的马还在庭院里。谜一般的情况，多么难以理解啊！”他沉默片刻，继续说道，“梦游！梦游？我这一生，只梦游过一次，是我六岁的时候。我是怎么了？难道我要在离开这个世界的时候，”他一只脚跺着地面，大声喊道，“还带走这个世界上我唯一拥有的友谊吗？难道我死一次还不够，还要再死一次，赔上友谊，怀疑我们五岁大就发展起来，陪伴我们一路走过中学、大学的兄弟情谊吗？弗雷德里克到哪里去了？”

他哭了。难道我们忠于一种情感，要甚于忠于生命吗？

“我们进去吧。”他说，“我宁愿待在牢房里，我不想有人看到我哭泣。我要英勇地赴死，但我做不到一直装出英勇的样子。我承认，我为我年轻美好的生命而感到遗憾，昨天一整夜，我都无法入眠。我记起童年生活的场景，我仿佛看到我在田野里奔跑。啊！我本来前途光明……”他说着，突然打断了自己，“而现在，十二个士兵排成一排，一名少尉大声喊着‘举枪，瞄准，开火！’一阵鼓声，我便死去，留下身后的恶名。现在这就是我的前途。噢！一定有上帝存在，不然这一切有什么意义呢。”

说着，他拥抱住了我，用尽全身的力气拥抱着我。

“你是我可以将灵魂剖开给人看的最后一个朋友，最后一个人了。你就要自由了，你会见到你的母亲！我不知道你是贫是富，但这不重要。对我来说，你就是整个世界。他们这些人不可能一直打仗的。听着，当和平到来，你会去包菲吗？我被枪决这消息对我母亲来说会是致命的打击，但是如果她听到这消息，还能挺过来，你要到那里去找她，告诉她，‘他是无辜的’，这话是对她最大的慰藉，她会相信你的。我会给她写信的，但是，你要替她看我最后一眼，你一定要告诉她，你是我最后拥抱过的人。噢，她会爱你的，可怜的母亲。你，我这最后的朋友，在这里……”他说着，停顿下来，在那片刻的沉默中，他陷入深深的回忆。“所有人，不管士兵还是军官，对我都是陌生人，我之于他们，也只是令人恐惧的凶手。如果不是你，我的清白将成为秘密，就只有我和上帝知道了。”

我发誓，我会怀着神圣的心情，完成他的遗愿。我说的话和我流露的情感，深深触动了他。很快，士兵又来带他去战时审议会出庭了，他被判死刑。对于这项判决，当时要走的或者之后要走的法律程序，我一无所知，我也不知道年轻的军医有没有为自己辩护。但是，他预料第二天会对他行刑，所以那天晚上，他花了一夜的时间写信给他母亲。

第二天早上我去看他的时候，他微笑着说：“今天我们两人都自由了。我听说，将军已经签署你的特赦令。”

我没有说话，而是仔细端详着他，就像要把他的形象刻在脑海中一样。不久，他脸上现出厌恶的神情——

"我很懦弱，"他说，"昨天一整夜，我向这些墙壁祈求着宽恕。"他指着这地牢的四壁说。"是的，是的，我绝望地嚎叫，我反抗，我的良心经受着最可怕的痛苦，我一个人的痛苦。现在我想到世人将会怎么议论我。勇气是一件外衣，我想体面地死去，因此……"

双重报应

"噢，别讲了！别讲了！"提议海曼先生讲这段往事的年轻女士，突然大叫着打断了他的叙述。"别再讲下去了，让故事就这样悬着吧，让我相信他被人拯救了吧。如果我现在听到他被枪决了，我一夜都会睡不着的。明天你再把故事的结局告诉我吧。"

我们起身离开了桌子。我的邻座挽住了海曼先生的胳膊，对他说：

"我猜他被枪决了，是不是？"

"是的，行刑时我也在场。"

"啊！先生，"她说道，"你怎能眼睁睁……"

"这是他想要的结果，夫人。眼睁睁地看着一个鲜活的生命、一个我所在乎的人、一个无辜的人，走向生命的尽头，确实是很可怕的现实。可怜的人啊，他的眼神一刻也没从我身上挪开，似乎这样，他的整个生命就都交托给了我。他说，希望我能为他母亲带去他最后一口气息。"

"那你去了吗？"

"在亚眠[①]和约签订后，我去了法国，为了把那句神圣的话'他是无辜的'带给他母亲。我怀着虔诚的心情，踏上了这次朝圣之旅。但是，玛尼昂夫人已经过世了，死于结核病。烧掉我为普罗斯佩携带的那封信的时候，我的心情久久不能平静。可能你们会笑话我们德国人想象力太丰富了，但在那时，我却仿佛看到一幅戏剧性的画面：灰烬飘落在两座坟墓之间，信中那些普罗斯佩离世前所写下的话，就像

---

① 法国北部城市，1790 年以前一直是皮卡第（即故事中普罗斯佩家乡所在的地区）的首府。

在沙漠中被一头狮子攫住的旅者发出的呐喊一样，成为了永恒的秘密，所有人都不知道的秘密。这种永恒的绝密中，有一种悲伤的崇高之感。”

“如果，”我打断了他，“有一个人被带到这间屋子，就跟你面对面站着，然后告诉你，‘他就是凶手’，这岂不又是一出戏剧性的场景？那么，你会怎么做？”

海曼先生没有说话，找到他的帽子，走开了。

“你太幼稚了，言行欠考虑。”我邻座说，“看看泰义斐，瞧，在壁炉一角的沙发上坐着。芬妮小姐正给他端上一杯咖啡，他微笑着。如果他是凶手，听了这么折磨人良心的故事，他的表情还会那么平静吗？你看他的神情，难道不像一位父亲般的长辈吗？”

“是的。不过，你不妨问问他有没有去过德国。”我说。

“有何不可呢？”

女人，当某些行动刺激到她们，或者是好奇心驱使她们时，她们不缺乏胆量。我的邻座，现在就处于这种情况，她勇敢地朝那位前食品承包商径直走去。

“你曾经在德国待过吗？”她问。

泰义斐拿着的杯子和托碟，几乎从手中滑落。

“我吗，夫人？没有，从没待过。”

“你说什么呢，泰义斐？”晚宴主人打断他说，“在瓦格拉姆战役[①]的时候，你不是在军需部供职吗？”

“噢，是的！”泰义斐回答，“那时候我在。”

“你弄错了。”我邻居回到我身边，对我说，“他是个好人。”

“好吧，”我大声说道，“今晚结束前，我会穷追到底，直到把凶手从他藏身的泥污中揪出来。”

每天，我们眼前都会发生一些深刻地拷问着我们良知的现象。但是，这样的现象往往是那么的简单明了，以致我们常常会对此视而不见。如果两个男人在一间沙龙相遇，其中一位或是因为了解贬低另一

---

① 瓦格拉姆，奥地利东北部城镇，在维也纳附近。瓦格拉姆战役，1809 年拿破仑在此地击败奥地利人的战役。

方人格的某些隐秘潜在的事实，或是因为了解对方某个见不得人的秘密，或者是因为得悉一场复仇在即，而有足够的理由憎恨或者鄙视另一方，这两位都会不知不觉打量起对方，心思留神着自己。从他们的神情、姿势中，隐隐约约会透露出他们内心的想法。他们中间，存在一块磁铁，我不知道哪一方的引力更强，是复仇抑或是犯罪，是憎恨抑或是侮辱。就像牧师在恶灵面前，无法去敬拜圣体一样，这两位在对方面前，也会感到局促、警觉。一方礼貌，另一方则粗暴；一方脸色涨红似要发怒，另一方则面色苍白、战战栗栗。只不过无法确定哪一方一定会哪样而已。因为，通常复仇者与另一方同样内心胆怯，很少有人有勇气，将邪念化为行动。即便箭在弦上不得不发，他们往往也会选择沉默，或者原谅害他的人，因为他们害怕引起骚乱，或者担心会造成什么悲剧性的后果。

我们的灵魂和情感是这样敏感，在对峙的双方之间，产生一种神秘的对抗。我与泰义斐之间就是这样。在海曼先生讲故事期间，从我第一次询问他起，他就一直回避我的目光，可能他也在回避所有其他客人的目光。他与银行家年轻的不谙世事的女儿交谈着。无疑，像其他罪犯一样，他感到需要接近天真单纯的人，需要在他们那儿寻找安宁。但是，尽管我离他很远，我还是注意着听他讲话。我锐利的眼睛，也吸引着他的目光。他以为我转移了视线，想偷偷注意我的时候，他的目光便和我的相遇了，他便立即垂下了眼睑。

泰义斐受够了这种折磨，似乎决定要结束这种状态。他坐到了一张牌桌旁。我立即走了过去，往他对手身上下注。我希望我会输钱，我的愿望实现了。他的对手离开了赌桌，我紧接着他坐了上来，与凶手面对面坐着。

“先生，”当他洗牌的时候，我说，“我可不可以问你，你是不是弗雷德里克·泰义斐先生，据我所知，家乡就在包菲?”

“是的，先生。”他回答。

他丢下牌，脸变得苍白起来，双手抹了一把脸，起身，请其中一位下注的人接替他。

“这里太热了，”他大声说，“我恐怕……”

他话并没说完，脸上现出痛苦得难以忍受的表情，然后仓惶走了出去。屋主人紧紧跟在他身后，似乎非常关心他的身体。我的邻座和我面面相觑，我注意到她表情中有一丝责备的意味，或者一丝怨恨忧伤的意味。

就在我输光了钱打算离开牌桌的时候，她把我拉到窗口，说：“你觉得你这样的行为算是仁慈吗？你很高兴能看穿人的心思吗？为什么多管闲事，不相信人间的公正，也不信上天的公正呢？即使我们能逃脱人间的审判，我们也逃不脱上天的公正裁决。你就那么羡慕裁判庭法官的特权吗？你的行为简直像刽子手一样。”

“为什么在激起我的好奇又分享了我的好奇之后，现在又对我做这么一篇道德的训诫呢？”

“你的行为引发我深思。”她回答。

“这么说来，那就让恶棍得安宁，让愁者得战争，让黄金被膜拜为神圣吧！不过，我们还是换个话题，”我笑着补充道，“你看到那个正走进客厅的年轻姑娘了吗？”

“是的，怎么了？”

“三天前，在那不勒斯专使举行的舞会上，我遇到了她，而且不可救药地爱上了她。求求你，告诉我她的名字吧。没人能……”

“那是维克托里娜·泰义斐小姐。”

我一阵头晕目眩。

“她的继母，”我邻座继续说道，“最近刚把她从修道院接到家中，她在那儿很晚才结束学业。此前很长一段时间，他父亲不愿意认她。这是她第一次来这儿。她非常漂亮，而且非常富有。”

说这些话的时候，她脸上露出一丝讥讽的笑容。

就在这时，我们听到一阵剧烈的，夹杂着难以抑制的叫喊声。叫喊声似乎从隔壁住宅传出，经由花园的回响，传到这里。

“那不是泰义斐先生的声音吗？”我问。

我们全都屏息倾听，一阵可怕的呻吟声传入我们的耳朵。银行家的妻子急匆匆朝我们走过来，关上了窗户。

“别让泰义斐小姐听到，”她说，“如果泰义斐小姐听到他父亲痛苦的叫喊，很可能会歇斯底里的。”

银行家现在又走进了客厅，四处张望，找到维克托里娜，对她耳语了几句。这位年轻的小姐立刻尖叫一声，跑出了房门，不见了。这件事引起一片骚动，玩牌的人都停了下来。每个人都忙着向邻座打听发生了什么事。人们三三两两聚成伙，低语的声音渐渐变大。

“泰义斐先生会不会……”我开口说。

“死了？”我邻座讥讽道，“我猜，那样的话，没有人比你更开心了吧。”

“可是，他到底怎么了？”

“这可怜的亲爱的人儿啊，”晚宴女主人说，“得了常常发作的病，这种病的名字我记不得了，虽然布鲁松先生经常跟我提起。泰义斐先生现在就是病情发作了。”

“这种病厉害吗？”一位预审法官问。

“噢，太可怕了，先生。”她回答，“医生们不知道怎么治疗。这病发作时，带来的痛苦最为凄惨。有一次，不幸的泰义斐待在我乡间庄园的时候，突然发作了，我甚至不得不躲到邻居家去，以免听到他痛苦的呻吟声。他的叫声太凄厉了，他甚至想要自杀，她的女儿不得不给他套上约束衣，把他绑到床上。可怜的男人，他声称有什么东西在生生啮咬他的大脑，每根神经都随着一阵阵可怕的痛苦而震颤，他不得不痛苦地扭动着身子。他的头痛得那么厉害，甚至感觉不到过去为了缓解他痛苦而常常敷在他头上的灸料。但是，他现在的内科医生，布鲁松先生禁止用这种治疗措施，因为，他声称这病是一种神经疼痛，一种神经上的炎症。治疗这种炎症，可以把水蛭放在脖子上，把鸦片敷在头上。后来，他的病不再那么频繁地发作了。现在，大概每年发作一次，而且总是在晚秋时节。每次他恢复的时候，泰义斐都会不住地说，他宁愿死，也不想再忍受这种折磨了。”

“那么，他肯定痛苦极了！”在场的一位掮客说，大家一向认为他是个才子。

“噢，”女主人继续说，“去年有一次他发作的时候，几乎死了过去。他独自去他的乡间庄园，办一件要事。可能是那里没有人能帮助他，他僵直着身子，躺了二十二个小时，就像死了一样。最后泡个热水澡，才把他救活过来。”

“这肯定是一种牙关紧闭症[①]。”其中一位客人说。

“我不知道。”她回答，“大约三十年前，他在军队里得了这种病。他说，这是他在船上时，一片飞来的木刺刺进他脑袋中导致的。布鲁松希望能治愈他，他们说，英国人已经发现了一种用氢氰酸治疗这种疾病的方法……”

就在那时，房间里回响起一声更为刺耳的尖叫声。我们都吓得僵住了。

“听！这就是去年我整天听着的叫声。”银行家的妻子说，“我一听到这声音，就会从椅子上跳起来，它就像是在用锉刀，狠狠挫我的每一根神经一样。不过，奇怪的是，可怜的泰义斐尽管承受着难以言表的痛苦，却从没有生命之虞。每次痛苦的短暂间歇期间，他能吃能喝，无异于常人，这病是多么奇怪啊！一位德国医生告诉他，这是一种脑部中风。他的看法与布鲁松医生的意见一致。”

我离开了围在女主人身边的这群人。下楼的时候，在楼梯上我遇到泰义斐小姐，一名侍从过来接她。

“噢！”她哭着，对我说，“我可怜的父亲做了什么啊，竟要遭这般罪……他是那么的善良！”

我陪她走下楼梯，扶她坐进马车车厢。我看到车厢里她父亲痛苦地弯着腰，身子几乎叠在了一起。

泰义斐小姐用手帕掩住他的嘴，想止住他的呻吟。不幸的是，他看到了我，他的脸更加扭曲了，突然一声尖叫划破长空。马车驶走的时候，他看了我一眼，目光骇人。

那天的晚宴和那天晚上发生的事情，对我的生活和我的感情产生了残酷的影响。我爱泰义斐小姐，可能是因为荣誉感与廉耻心禁止我娶一位凶手的女儿，无论凶手可能是多么称职的丈夫或父亲。我被一种奇怪的宿命感驱使着，去拜访那些可能会邂逅她的地方。常常，早上我信誓旦旦不再见她（尽管能见到她，是我的福祉），晚上就发现我又走在了她身旁。正当合法的爱情，荒诞不经的悔恨感，这一切让

① 牙关紧闭症，一般称为破伤风，或者看作破伤风（的初期）由破伤风杆菌引起的急性细菌性疾病。

爱蒙上一层如同犯罪般激情的色彩。每次，碰巧遇到泰义斐陪着他女儿的时候，我都向他鞠躬示意，为此我鄙视我自己。但是下次见到他的时候，我照旧鞠躬不误。

唉！我的不幸在于，维克托丽娜不仅漂亮，而且聪明，有教养，有天分，有魅力，毫不古板，也没有一丝傲慢做作。她谈话节制有度，天生一股忧郁的气质，让人无法抵抗。她爱我，至少她给我的感觉是这样的。她有一种笑容，只为我一人绽放；她的声音，只为我而变得愈加轻柔。噢，是的！她爱我！但是她敬爱她的父亲，她告诉我他有多善良，有多绅士，有多少优秀的品质。这些赞扬，像一把把匕首一样，刺进我的心脏。

有一天，可以说，我几乎让自己成为这桩罪行的帮凶。泰义斐家族的财富就是建立在这桩罪恶上的。我正准备向维克托丽娜小姐的父亲提亲，但是，我脱逃了。我选择去旅行。我去了德国，去了安德纳赫，然后，我回来了！我看到维克托丽娜脸色苍白，面容消瘦。如果我看到她吃得好，睡得香，心情愉快，那么，我一定会就此解脱。但现实不是这样，于是我胸中的爱，以前所未有的力度喷发了。担心我之前的顾虑会堕落为偏执，钻牛角尖，我决定召集一群良心健全的人士，开一场良心审判。我希望他们可以帮我对这考验人良心又具有哲理意义的问题，有些新的认识。而这一问题，我们接下来将看到，自我回来之后，变得更加复杂了。

因此，两天前，我召集了我朋友中一群最为高尚、正直、受人尊敬的人。我邀请了两位英国人，一位大使馆的秘书，一位清教徒，一位前任部长，现在是成熟的政治家，一位牧师，是个老年人，还有我从前的监护人，一位心地单纯的人，他为我作的监护是法院记录中最为准确忠实的，现在法院里的人还对此记忆犹新。除了他们，在场的还有一位法官，一名律师，一名公证人。总之，他们代表了各种社会舆论，各种实用的美德。

开始的时候，我们愉快地进餐，愉快地交谈，非常热闹。接着，在上甜点的时候，我原原本本地讲述了我的故事，征求他们的意见。自然，故事中我隐去了泰义斐的姓名。

大家沉默不语，一层深深的窒息氛围，笼罩住了这群人。后来，那名公证人告辞了，他说，他还要起草一份契据。

美酒佳肴也让我的前监护人沦落了，变得沉默起来。事实上，那天晚上，他回家的时候，我还不得不托人监护他，确保他路上不会发生什么不幸。

“我明白！”我大声说，“你们不发一言，就是用行动告诉了我该怎么做。”

听到这话，人群中一阵骚动。

一位为富瓦将军[①]的孩子和墓碑捐过款的资本家，大声说道：

“罪恶和美德一样，有轻有重。”

“一派胡言！”前任部长轻轻碰了碰我的手肘，压低声音说。

“你有什么好为难的？”一位公爵问道。公爵的财产是撤销南特敕令[②]时，没收冥顽不灵的新教徒的财产所得。

律师这时起身，说：

“从法律上说，现在呈给我们的案件，解决起来不存在任何困难。公爵先生是对的！”这法律的喉舌叫嚣着，“法律的追溯有时效限制。如果非要寻根刨底，追究我们第一桶金是怎么来的，那么我们在座的各位，谁还能在这坐着？这只不过是个良心问题罢了。如果你非要把此案呈给谁裁决，就去教会的告解处吧。”

法典的化身说完后，坐下喝了一杯香槟。负有解释福音书责任的那位，好人牧师，站了起来。

“上帝创造我们，都是有弱点的，”他坚定地说，“如果你爱那个凶手的女继承人，那么就娶她。但是，要让自己满足于她母亲一方给的嫁妆，把父亲的那份送与穷人。”

---

① 富瓦将军（1775—1825），法国军事领袖，政治家，作家，为人清正廉直，死后家人陷入贫困，得到了全国的募捐帮助。

② 南特敕令，法国亨利四世 1598 年颁布的法令，给予信奉基督教新教的臣民（胡格诺派教徒）宗教自由和充分的公民权。1685 年路易十四撤销了整个法令。法令撤销后，大批新教徒出走法国。到 1686 年 2 月，路易十四本人承认，法国信奉新教的胡格诺派教徒八十万至九十万人口中，只剩一千至一千五百人继续留在法国。这些新教徒离开法国时，多数没有带走任何财产。

“但是，”一个无情的、爱吹毛求疵的人（在这个世界上，我们常常会碰到这类人）叫道，“父亲能结这么一份富裕的姻亲，可能只是因为他本身富裕。因此，这桩婚姻本身也是那桩罪恶结出的果实。”

“讨论本身就是裁决。这世上有些事，君子当不以深究。”我的前监护人说。他想用他酩酊醉汉的智慧，来启迪这群人了。

“是的！”大使馆的秘书说。

“是的！”牧师说。

但是两位并不是指同一个意思。

说到这儿，一位“空论派”站了起来。他在竞选议员的时候，满票一百五十五的情况下，以一百五十票之差落选。

“先生们，”他说，“如此考验人智力的重大事件，是与我们清醒之人所面对的寻常事态截然不同的。因此，针对此事所做出的决定，应该是我们的良知自发决定的结果：一个突然的念头，一份即刻的内心裁决，一片我们内心顾虑的短暂投影，就像决定我们品味的情愫那样转瞬即逝。让我们投票决定吧。”

“让我们投票决定！”所有客人喊道。

我给每人分发了两个小球，一个白色，一个红色。象征贞洁的白色球，表示拒绝这桩婚事，红色球则表示同意。为了避嫌，我自己放弃投票。

我朋友总数十七，因此九票便是多数。每人把球投到一只窄口的柳条篮，柳条篮之前是编上号码，用来装打牌时抽签决定座次的小球的。或多或少，我们的好奇心都被撩起了，因为用投票来解决道德问题的主意，自然是很新颖的。仔细检查了票箱，发现有九只白色球！但是，我忽然想到要数一数我请来做裁决的人中，和我年纪相仿的年轻人的数量。这些持怀疑论的年轻人恰好是九位，他们的想法都是一致的。

“噢，噢！”我心想，“他们内心一致赞成这桩婚事，却明里一致反对！我该怎么解决这个问题呢？”

“那位岳父住在哪儿？”我的一位校友漫不经心地问道。他没有其他人那么老练世故。

“没有什么岳父了。”我回答，“目前为止，我的良心已经表现得足够清楚，清楚到你们的裁决都是多余的。如果说，今天我的良心不够坚定，以下则是导致我犹豫的原因。大约两天前，我收到这么一封极具诱惑的信。”

接着，我从笔记簿里拿出一封邀请函，给他们传阅：

“兹邀请您出席让-弗雷德里克·泰义斐先生的送葬、葬礼以及入殓仪式。泰义斐先生生前为泰义斐庄园及公司之主人，军需肉品的前承包商，获终生荣誉勋章骑士勋位及金马刺勋章，巴黎国民自卫队近卫步兵第一团团长，于五月一日卒于其朱贝尔街的寓所。送葬、葬礼以及入殓仪式将于某处某处举行。

兹代表某某。”

“现在，我该怎么做？”我继续道，“我来笼统地给你们谈谈这个问题吧。无疑，泰义斐小姐的财产沾满了鲜血，她从父亲那儿继承的大片地产是一片血田[①]，这我清楚。但是，玛尼昂没留下继承人。而且，再说了，我也找不到安德纳赫被害商人的家人。那么，我把这笔财产还给谁呢？揭开这个我意外发现的秘密，给这个无辜少女的嫁妆再添上一颗受害者的死人头颅，让她余生在噩梦中度过，剥夺她对于美好生活的幻想，再告诉她‘你的财产沾满了血污’，我有权这样做吗？我从一位老教士那里借来了一本《良心案例大典》，但是，我找不到能为我解疑答惑的先例。我是不是要虔诚地做弥撒，以便玛尼昂、瓦朗菲尔与泰义斐的灵魂能得到安息。现在我们可是在十九世纪中期！我是不是应该建一座医院，或者为美德设立一项奖项？为美德而设的奖项会颁发给恶棍，至于医院，今日他们对我来说，似乎成了罪孽的庇护所。而且这种慈善行为，多少是为了满足我们的虚荣心，能算得上是对赎罪的补偿吗？此外，我又是欠谁的补偿呢？但是，我爱着，我充满激情地爱着，我的爱就是我的生命。一个年轻的姑娘，习惯于奢华，习惯于优雅，习惯于能欣赏到各色艺术的充实生活，热

---

① 血田，在耶路撒冷之南，教会长老们用犹大出卖耶稣所得之贿银所购，作为埋葬陌生人的义冢。此处强调地产是用来历不干净的金钱购买的。

爱在歌剧院悠闲地倾听罗西尼[1]的音乐歌剧。对于这样一位姑娘，如果我没有明显的动机，却向她建议，为了衰弱的老人、患病的贫民，放弃她那一百五十万法郎的财产吧，她会不会把我当作笑话，嗤之以鼻呢？或者她的密友会不会告诉她我是个疯子，是个小丑？如果在爱的狂喜中，我向她描绘，在卢瓦尔河[2]河岸拥有一个小家，我们可以过着幸福的平凡生活。如果在我们爱情的圣坛上，我要求她牺牲巴黎的生活，会是什么样的结果？首先，这些只是美丽的谎言，其次，我可能只不过是为自己打开了一扇通往痛苦的大门。我可能会失去我心爱的热爱社交、舞会、饰品，目前也爱着我的姑娘。可能某个瘦条条的时髦的军官，梳着漂亮的八字胡，坐能弹钢琴，出口能引拜伦的诗句，优雅地骑着白马，就把她从我身边抢走了。我该怎么办？看在上帝的份上，给我些建议吧！”

那个正派人，之前我就跟你们提到过的清教徒，看起来就像珍妮·迪恩斯[3]的父亲，到现在还没发言过的那位，现在耸了耸肩膀，看着我，说：

“傻瓜！你为什么要问他是不是来自包菲呢？[4]”

---

① 意大利作曲家。1812年起他以惊人的速度创作剧院作品。十五年中他一直主导着意大利歌剧的舞台。他的主要成功作品包括《意大利女郎在阿尔及尔》(1813)，《奥瑟罗》(1816)，《塞维利亚理发师》(1816)，《摩西的埃及旅程》(1818)，《塞米拉米德》(1823)，等等。

② 法国最长的河流，位于国内东南部。

③ 珍妮·迪恩斯，沃尔特·司各特小说《米得洛锡安之心》(1818)中的人物，被视为诚实、正直、虔诚的典范，为救遭冤枉的姐姐只身徒步来到伦敦，计划求见女王，为姐姐争取特赦。

④ 叙述者“我”在听完普罗斯佩的故事后，在客厅的赌桌上与弗雷德里克对峙时，问他“你是不是弗雷德里克·泰义斐先生，据我所知，家乡就在包菲?”问他家乡在不在包菲，代表叙述者追究罪恶真相的努力。而此处清教徒的这句话，指的则是，为什么叙述者要追问弗雷德里克是不是罪犯，追问他钱财的最初来源呢。

吗 啡

[俄] 米哈伊尔·布尔加科夫

侯昌丽 译

一

聪明人都发现了——幸福犹如健康：当你拥有时，你不懂得珍惜；当你失去时，你才对它留恋不已。是的，你一定会对它留恋不已！

提到我自己，现在我终于明白——1917 年的冬天，我是幸福的。那可是令人难忘、风雪交加、疾速消逝的一年！

扬起的暴风雪像吞噬破报纸的碎片一样，几乎将我吞噬，它将我从那个荒远的地段带到这个城镇。你会寻思，难道城镇是什么了不起的地方吗？然而，如果有人跟我一样，冬天守在雪地里，夏天守在清苦贫乏的森林里，整整一年半没有一天不是这样度过的；如果有人拆开一周前寄来报纸的包裹还能满心欢喜，就像情郎看到情信一样；如果有人乘着马拉雪橇跋涉了十八俄里去接生，那么这人肯定能理解我的感受。

煤油灯真是件令人舒适的东西，可我还是赞成用电灯照明！

终于，我又看到那些充满魔力的小电灯了！这是小城最主要的街道，它被农民的雪橇辗压得平平展展。在这条街上，各种招牌幌子随处可见——卖鞋的招牌，金黄色花型小面包圈的招牌，红色的旗子，更有甚者挂出了年轻人的画像。画上的年轻人猪一样的眼睛透出贪婪的目光，他的发型极其不自然，这意味着玻璃门后就是一家本地“巴勒斯”[1]。只要您掏上三十戈比，不论任何时候他们都会给您剃头。当然，节假日要除外——我们国家的节假日可是很多的哩。

直到今天，每当我回想起“巴勒斯”里使用的布巾都会浑身哆嗦。那些布巾让人联想到德国皮肤病教科书中的某一页，那一页上赫然印着一位公民下巴上长出硬下疳的照片。

然而，即便是这些布巾也没有使我的回忆黯淡！

十字路口站着一位神气的警察。落满灰尘的橱窗里隐约可以看见许多小铁盘，盘子里紧凑地摆放着抹了金黄色奶油的馅饼。广场上铺满甘草，有人徒步穿行，有人乘车驶去，有人互相攀谈。报刊亭里正在出售昨天的《莫斯科报》，上面总是刊登着一些令人震惊的消息。不远处，莫斯科的列车在互相鸣笛致意。总之，这才是文明，是巴比伦，是涅瓦大街。

医院的盛况更是不在话下。医院开设了外科、内科、传染病科和儿科。还有一个手术室，里面的高压灭菌器闪闪发亮，水龙头泛着银光，手术台上灵巧的爪子、牙齿和螺丝自如地张开。医院里有一位主治医师，三位住院医师（不包括我），好几位医师、助产士、护士以及一间药房，一间化验室。想不到吧，连化验室都有了！里面摆放着一台蔡司牌显微镜和许多好看的储备试剂。

我哆嗦着，浑身直打寒战，这些印象让我觉得压抑。很多天过去了，我才慢慢习惯医院的这栋单层小楼在十二月的每个傍晚，就像接到命令似的，齐刷刷地亮起电灯。

这些灯非常刺眼。浴盆里的水沸腾着，发出咕嘟咕嘟的声音，脏兮兮的木质水温计泡在沸水里，翻腾着。儿童传染病科里整天传来呻吟声，孱弱可怜的哭声，以及嘶哑的呜咽声……

护士们奔波着，穿梭着……

我终于卸下了精神重担。为了不再生事儿，我不再承担那些性命攸关的责任。有人患了疝气，那不再是我的职责。有人用雪橇送来了

---

① 巴勒斯，法国剧作家博马舍的名剧《塞维勒的理发师》（1772）中的人物。布尔加科夫在这里用它来指代理发店。

胎儿横位的即将临盆的产妇，我不再浑身哆嗦。如果有化脓性胸膜炎患者需要手术，他们也不会来找我……第一次觉得，我是职责有限的一个人。要分娩了？——去那栋低矮的小楼吧，就是最边上的窗户挂着白色纱布的那栋建筑。那儿有一位可爱的、微胖的助产医师，他留着一撮火红色的小胡子，他的头已经有点秃顶了。这正是他的事儿！请把雪橇掉头，开到挂着白色纱布的窗户那边去！复杂的骨折？——那儿有首席外科医生。肺炎？——去帕维尔·弗拉基米洛维奇所在的内科吧！

噢，这家大医院就像一台加满油的、正在全速运转的庞大的机器。我就像一颗经过量身打造的螺丝钉被安在这台机器上，顺利接管了儿科的工作。什么白喉呀，猩红热呀，弄得我团团转，占去了我的一个又一个白天。但是，只占去了白天。晚上我就开始睡觉，因为再也不会听到凶多吉少的夜半敲窗声，那声音多半会将我唤醒，并将我引入危险和难逃其咎的黑暗中。每天傍晚，我都会读书（当然，第一个念头就是攻读关于白喉和猩红热的书籍，后来不知怎么的也对菲尼莫尔·库珀特别感兴趣），因此十分珍惜台灯、茶炊托盘里的炭渣，凉了的一盏茶以及近一年半来屡次失眠后的美梦……

1917 年的那个冬天，当我从那个荒远的地段调到这座小城后，我其实是幸福的。

二

一个月过去了，第二个月、第三个月紧跟着也过去了。1917 年就这样消逝了。转眼已是 1918 年二月。我开始习惯新的工作环境，渐渐忘却了那个荒远地段。那盏咝咝作响的绿色煤油灯，那种孤独以及那些雪堆都在记忆中淡去了。真是个忘恩负义的家伙！我居然忘记了自己曾经的战斗岗位——正是在那个岗位上，我孤立无援却倾尽全力地同各种疾病作斗争，就像菲尼莫尔·库珀笔下的主人公一样，使出浑身解数逃离各种险境。

很多时候，当我躺在床上睡觉，思绪就会不由自主地聚焦一个问题——为什么我熟睡着，模糊的意识中却常常闪过过往的片段：绿色的煤油灯，发亮的灯笼，雪橇轧过雪地的声音，短暂的呻吟，然后便是黑暗，旷野里的暴风雪在低沉地呼号……最后，所有这一切开始摇摇晃晃，转而消失不见……

“很想知道，现在是谁守在我以前的岗位上？肯定有人在那个岗位上。也许是一位和我一样年轻的医生。唉，那又怎么样，我不也在熬日子吗。二月，三月，四月……也许还有五月——五月底我的实习期就要结束了，这意味着，五月底我就要告别这座灿烂的小城回莫斯科了。如果革命给我插上革命的翅膀，也许，我还要再度远行呢。但是无论如何，我再也不会遇到生命中的荒凉地段了……永远不会……首都……医院……柏油马路，点点灯光……”

我这样想着。

“其实，我在那荒凉地段度过的时光还是挺美好的。在那儿，我变得勇敢起来，我不再恐惧。还有什么病是我不能治的呢?!果真如此吗？啊？精神病我倒是不曾治过的。要知道，可能，真的没治过。那农艺师总喝成个醉鬼，我的确帮他治了，不过效果相当差。嗜酒症……

“不是精神病是什么？的确该读一读精神病学。唉，去他的精神病学。以后到莫斯科了再说吧。现在，我的首要任务是儿科疾病。除了儿科疾病，还是儿科疾病……其中最难的莫过于儿科配方。呸！鬼东西！如果一个小孩十岁，应该给他开多大剂量的匹拉米洞[①]呢？是0.1呢？还是0.15呢？我总是忘记。如果一个小孩三岁，又是多大剂量呢？全是儿科疾病，再没别的了。全是些不可思议的罕见病症。别了，我的荒凉之地！为什么今晚我的脑海里总是出现那个荒凉之地呢？

“绿色的煤油灯……要知道，我这辈子都与它没有瓜葛了。嗯，的确如此。还是睡觉吧……”

“有您的信。有人捎来的……”

“送过来吧。”

护士站在我寓所的前厅里。她那件盖了戳印的白大褂上套着一件

---

① 匹拉米洞，即氨基比林，一种解热镇痛药。

衣领上的毛已经磨光的大衣。蓝色的廉价信封上正有雪花在融化呢。

“今天是你在急诊室值班吗？”我打了个哈欠，问道。

“是我。”

“别的人都不在吗？”

“都不在。”

“要希……（我打了个哈欠，所以这个词儿说得有点含糊），如果有病人来了，你过来叫我就行，我先睡觉了。”

“好的。我可以走了吗？”

“可以走了。赶紧去吧。”

护士走了。门“吱呀”响了一声，我穿上拖鞋走进卧室，边走边拆那封信。

信封里装着一张长方形的、压皱了的格式纸，上面盖着以前我在荒凉地段工作的那家医院的戳印。这可是张我难以忘怀的格式纸啊！

我笑了一下。

“真有意思。今天晚上我一直在想我那荒凉之地呢，这封信就出现了，它在提醒我不要忘记它呢，预感啊。”

邮戳下面是一个用化学铅笔写成的处方笺。这几个拉丁字母字迹潦草，模糊不清。

“真不明白，怎么会有这样乱七八糟的处方笺？”我一边喃喃自语道，一边将目光锁定在“吗啡”[①] 这个字眼上。这张处方笺究竟有什么奇怪的呢？啊，找到了，百分之四的水溶液！到底是谁开的这张百分之四吗啡水溶液的处方笺呢？为什么这么做呢？

我把格式纸翻到背面，一下子清醒了。纸的背面是一封用黑色墨水写成的、字迹无力而又潦草的信：

我亲爱的同事[②]：

很抱歉，用这么小的纸给您写信，手头上没有别的纸了。我病得很重，情况很不乐观。您帮帮我吧，除了您，我不想向任何

---

① 原文为拉丁语。

② 原文为拉丁语。

别人求助。

我在您以前待过的这个荒凉地段已经待了两个多月了。我知道，您住在城里，离我不是很远。

看在我们的友情和大学同窗的份上，请您尽快来我这儿一趟。待一天也行，只待一小时也行。只要您说，我已经无药可救了，我就相信您。也许，还有救呢？是的，也许真的还有救呢？希望还会向我招手吗？拜托您，不要向任何人公布这封信的内容。

1918 年 2 月 11 日

“玛利亚！麻烦您去一趟急诊室，把值班护士叫过来。她叫什么名字来着？喏，我给忘了。总之，就是给我送来信的那个值班护士。快点！”

“马上就去。”

几分钟后，护士已经站在我面前了。雪花正在那已经磨去毛的猫皮衣领上融化。

“是谁捎来这封信的？”

“我也不太清楚，是一个大胡子的人给我的。他是合作商店的工作人员。他说，他进城时捎上的。”

“嗯……喏，你去吧。不，稍等一下。我给主治医师写个便条，请您帮我带过去，再把回信拿给我。”

“好的。”

这是我写给主治医师的便条：

尊敬的帕维尔·伊拉里奥诺维奇：

我刚收到了我的大学同学波利亚科夫医生的来信。他现在正孤独地待在我以前工作的戈列洛沃地段，看来他病得很重。我想，我有义务过去看望他一趟。如果允许的话，我明天将儿科的工作暂交给洛多维奇医生接管，我去一趟波利亚科夫那里。他现在正无助呢。

尊敬您的博姆加德医生

1918 年 2 月 13 日

主治医师的回条是这样的：

尊敬的弗拉基米尔·米哈伊洛维奇：

您就去一趟吧。

彼得罗夫

整个一晚上，我都在研究列车时刻表。要去戈列洛沃得走这条路线——明天两点从莫斯科搭乘邮政专列出发，沿铁路线走三十俄里后在N站下车，然后再从那儿乘雪橇走二十俄里到戈列洛沃医院。

“明天夜里我就能赶到戈列洛沃医院了。”我躺在床上这样思忖着。“他到底得了什么病呢？伤寒？还是肺炎？如果不是这两种病的话，还能是什么病啊？可是，如果是那样的话，他应该在信中直接告诉我：‘我得了肺炎。’可这是一封含混不清、几近做作的信啊：‘我病得很重，情况很不乐观……’那是什么病？难道是梅毒？对，肯定是梅毒。他很恐惧，还在隐瞒。他在担心。不过我很想知道，从火车站出来后要搭乘哪样的马车去戈列洛沃呢？如果车次不好，等我从火车站出来时已经是傍晚了，又该坐什么车去戈列洛沃呢？嗯，不会的，我已经想到办法了。我从火车站借辆马车。发个电报，让他派来一辆马车。没用的！估计我到了之后电报才能到呢。电报又不能空运到戈列洛沃。要不然我就待在车站，等待奇迹发生。我了解戈列洛沃。唉，真是个鬼地方！”

那封格式纸写成的信躺在摆放台灯的床头柜上，旁边是失眠时的好伙伴——成堆的烟头和烟灰缸。我在皱巴巴的床单上辗转反侧，心情非常糟糕。那封信使我大受刺激。

“真的，如果不是特别严重的病，譬如梅毒，他为什么不亲自来这里呢？为什么我就该冒着风雪急急地赶往他那里呢？难道我一个晚上就能治好他的梅毒吗？抑或是食道癌？可是哪来的癌症呢？他可比我小两岁，他今年才二十五岁啊。‘病得很重？’难道是长肉瘤了？这封信太荒谬了，简直有些莫名其妙。这封信真能引起收信人的偏头痛。这不，说着就发作了。一侧的太阳穴已经绷紧了。等你早上醒来，这疼痛就开始发作，一直爬到你的头顶上。你的半边头就像是被钳住了一样，到晚上你就要服用含咖啡因的匹拉米洞了。在雪橇上服用匹拉米洞又会怎样呢？应该向医师借旅行用的毛皮大衣，穿我这件大衣会被冻死的。他出了什么事呢？‘希望还会向我招手’——小说中才会这么写吧。这话绝对不该出现在医生写的严谨的信中！睡觉吧，睡觉吧，什么都别想了。明天一切都清楚了。就在明天。”

我摁了一下开关，黑暗瞬间吞没了房间。睡觉吧。太阳穴上那根筋还在隐隐作痛。其实，我没有权利因为一封荒唐的信而生人家的气，还不清楚到底是怎么回事呢。人家正在忍受痛苦的折磨呢。这可是他写信说的。喏，他在尽他所能地让人理解他。因为自己的偏头疼和心绪不宁就在思想上指摘人家，真的是太不体面了。也许，这并不是一封做作的、充满浪漫色彩的信。谢廖什卡·波利亚科夫，我已经两年没见他了，但我清楚地记得他。他向来是一个审慎的人。是的，这意味着他遇到了困难。太阳穴也不是很疼了……

看来，这就要做梦了。梦的机理是什么呢？我曾在生理学中读到过，但那个过程实在是太复杂了。我还是弄不明白，梦到底是怎么回事，那些脑细胞是怎么入睡的？说实话，我还是弄不明白。不知怎么的，我觉得生理学编写者自身也对自己编写的梦的机理不是很确信，一种理论与另一种理论总是互相抵触。这不，身着缀有金色纽扣的绿色制服的谢廖什卡·波利亚科夫就站在芯制工作台前，他的面前摆着一具尸体……

嗯，是的。喏，这原来是个梦。

三

笃笃，笃笃……砰，砰，砰……啊哈……谁？谁？什么？……哎呀，还在敲……哎呀，真见鬼，敲什么敲……我这是在哪儿呀？发生什么事了？是的，我还躺在自己床上呢。为什么要叫醒我呢？他们有权叫醒我，因为我是值班医生。醒一醒，博姆加德医生。

这不，玛利亚趿拉着便鞋去开门了。几点了？十二点半。还是深夜呢。这就意味着，我只睡了一个小时。偏头痛怎么样了？还没过去呢。这不，又开始疼了！

有人在轻轻敲门。

“怎么回事?”

我打开门走进饭厅。黑暗中，我看到护士的脸庞，又迅速瞥了一眼，脸色苍白，两眼瞪得很大，仿佛非常激动的样子。

“送来的病人是谁啊?”

“是戈列洛沃地段的医生，”护士大声回答道，声音嘶哑，“医生开枪自杀了。”

“是波利亚科夫吗? 不可能! 是波利亚科夫?”

“他的姓我不太清楚。”

“好吧。马上就来。你去找主治医师，叫醒他，务必把他叫来。你就说，我叫他赶紧来急诊室。”

护士走了——那苍白的脸庞在我面前消失了。

两分钟后，那干燥而又刺骨的令人厌恶的暴风雪开始拍打我的脸，掀起我大衣的前摆，冻僵了我惊魂未定的身体。

急诊室的窗户里透出白色的、慌乱的灯光。在暴风雪的雾霾中，我同主治医师在台阶上撞了个满怀。他同我一样，也是急忙赶往急诊室接诊的。

“就是您说的那位波利亚科夫?”外科医生一边咳嗽，一边问道。

“我还什么都不知道呢。很可能就是他。”我回答完，和他一起进了急诊室。

一个包裹得严严实实的女人冲着我从长凳上站起来。棕色头巾下面那双熟悉的眼睛泪水涟涟地看了我一眼。我认识玛利亚·弗拉西耶夫娜，她是戈列洛沃医院的助产士，在戈列洛沃医院接生时她可是我的得力助手。

“是波利亚科夫吗?”我问。

“是的。”玛利亚·弗拉西耶夫娜回答道，“太可怕了，医生。送他来的路上，我一直在发抖，只想赶紧把他送到这儿……”

“什么时候的事?”

“今天早上，黎明时分，”玛利亚·弗拉西耶夫娜低声说，“守门人跑来找我，说‘医生房间里传来枪声……’”

在那透射出令人厌恶的、慌乱的光线的急救灯下，波利亚科夫躺在那里。我一眼就看到了他那双石头一样呆板的毡鞋底，我的心开始习惯性地往下沉。

我摘掉他的帽子，露出了一头乱蓬蓬、湿乎乎的头发。我的手，护士的手，玛利亚·弗拉西耶夫娜的手都在波利亚科夫身上闪来闪去，从他大衣底下掏出一团布满黄色和红色斑点的白纱布。他的胸部吃力地向上挺起。我测了他的脉搏，不禁抖了一下。他的脉搏正从我的指下消失，就像线团稠密而又不太牢靠的接头正在紧绷，即将断裂。外科医生的手抓住他的肩膀，扭住他肩膀上毫无血色的肌肉，就要给他注射樟脑液。这时，病人的嘴微微张开，嘴唇上呈现出两条玫瑰色的血带。他轻轻地努了努发青的嘴，用微弱的声音艰难地吐出一句话：

“扔了樟脑液。让他见鬼去吧。”

“不要说话。”说着，外科医生将那黄色液体注入他的皮下。

“应该可以认定，心包已被擦伤，”玛利亚·弗拉西耶夫娜低声说，她紧紧地抓住桌子边，开始仔细端详病人拉长的眼皮（病人的眼睛闭上了）。只见两条暗紫色的阴影，犹如落日的余晖一样，在他鼻梁两侧越来越深，越来越浓，许多细小的、水银般晶亮的汗珠正从两条阴影上沁出来。

“左轮手枪？”外科医生的脸抽动了一下，问道。

“是勃朗宁手枪。”玛利亚·弗拉西耶夫娜悄声说道。

“唉，”外科医生又气愤又懊恼地叹了一口气，突然摆了摆手，走开了。

我惶惶不安地朝他转过身去，一时间不明白是怎么回事。另外几个人也望着他的背影。这时，另外一位医生也赶到了急诊室。

波利亚科夫歪歪斜斜地张开嘴，就像睡梦中的人努力赶走令人讨厌的苍蝇似的，然后他的下巴开始动弹，仿佛他的喉咙里堵着什么东西而想把它吞下去。唉，凡是看到过可怕的手枪或步枪枪伤的人，都很熟悉这个动作。玛利亚·弗拉西耶夫娜痛苦地皱着眉头，叹了一口气。

“博姆加德医生，”波利亚科夫用勉强能听到的声音说。

“我在这儿呢，”我轻声说，我附在他的嘴边，声音特别温柔。

“这个笔记本留给您……”波利亚科夫用嘶哑的、更加微弱的声音说了这么一句。

这时，他睁开眼睛，望着急诊室令人生厌的、陷入一片黑暗之中的天花板。他清澈透明、湛蓝湛蓝的眼球开始发光，仿佛由内向外迸射出光芒。这目光在升往高空的途中停住了，随即黯淡下去，短暂的光芒消失了。

波利亚科夫医生死了。

深夜。几近黎明。台灯非常耀眼，因为小城入睡了，电流非常充足。万籁俱寂，而波利亚科夫的尸体则停放在小教堂里。仍是黑夜。

我的眼睛由于阅读而发红。眼前的桌子上放着一个打开的信封和一小张纸，上面写着：

亲爱的同志：

我就不等你了。我想治疗，这是无望的事儿。我不想再痛苦了，我的尝试已经够多了。我要告诫其他人：一定要提防这白色的、在二十五度水中可溶解的结晶体。我太依赖他们了，所以他们才会将我杀死。我的日记送给您。我一向觉得，您是一个富于求知精神的，喜爱阅读人类文献的人。如果您感兴趣，请读完这个关于我生病的故事吧。

永别了。

您的谢尔盖·波利亚科夫

下面是大大的字母写成的附注：

恳求您不要将我的死亡归罪于任何人。

谢尔盖·波利亚科夫医生

1918年2月13日

在自杀者的绝笔信旁边，放着一个黑色漆布封面的笔记本。笔记本的前一半被撕掉了，另一半上是一些简短的笔记。最初是用铅笔或钢笔写的，字迹细小而又清晰，最后则使用化学铅笔和粗粗的红色铅笔写的，笔迹潦草、字迹跳跃，中间还夹杂着不少缩略语。

四

1917年1月20日

我很开心。谢天谢地，越偏僻越好。反正我也不能见人，这儿除了生病的农民，基本上看不见任何人。不过，他们应该不会触动我的伤口吧？其他被分配到各个地段的人应该不会比我更糟糕了。我们这一期免征入伍的毕业生（1916年那一期毕业生是二期民兵后备役士兵），均被安置到了各个地方自治局。不过，谁也不会对此感兴趣。我只从朋友那儿听说了伊万诺夫和博姆加德的分配情况。伊万诺夫选择了阿尔汉格尔省（这与个人风格有关）。听一名女医生说，博姆加德守在跟我这儿一样偏僻的荒凉地段，在距我这儿三个县城之远的戈列洛沃。我想给他写信，但又打消了这个念头。我不想看见人们，也不愿听人们说话。

1月21日

暴风雪。没有其他事。

1月25日

多么美丽的落日景象。米格来宁——内含氨基比林、咖啡因和枸橼酸。

粉末每次一毫克。可以服用一毫克吗？应该可以的。

2月3日

今天我收到了上周的报纸。还没开始阅读，但是提前关注了戏剧栏。上周《阿依达》上演了。也就是说，她走到高处放声唱：“我亲爱的朋友，请到我这里来……”

她的嗓音非常特别。我很好奇，一个黑心肠的女子怎么会有那样高昂、洪亮的嗓音。

（这中间缺了一部分，撕掉了两三页。）

当然，这不太光彩，波利亚科夫医生。这就跟一个中学生一样愚蠢——用下流的骂人话对付一个女人，就因为她出走了！不想过下去——就这样出走了！这就是结局。实质上，一切都很简单。歌剧女演员离开了年轻医生，在生活了一年之后离开了。

要杀了她吗？杀！哎呀，这一切太愚蠢，太无聊了。没救了！

不愿去想了。不愿去想……

2月11日

依然是暴风雪，没完没了的暴风雪。还差点儿把我卷走！整个晚上都是我一个人，一个人。我打开灯，就这样坐着。白天有时还能看见个人影。但我仍是机械地工作着。我已经习惯工作了。它并没有我以前想的那样可怕。说来，是战地医院让我受益匪浅。我来到这儿时，已经不像以前那样一无所知了。

今天，我第一次做了个体内回转手术。

因此，三个人被埋在大雪里：我、医师兼助产士安娜·基里洛夫娜和另外一名医生。那位医生已经结婚了。他们（所有的医生）都住在侧面的房间，我一个人住。

2月15日

昨天夜里发生了一件奇怪的事情，我准备躺下睡觉了，突然一阵胃疼，简直太疼了！疼得我额头直冒冷汗。虽然我们的医学是一门令人质疑的科学，但真该多关注它。一个人从未患过胃部或肠部（譬如阑尾炎）的疾病，其肝脏和肾脏功能完好，肠道功能也完全良好，这人为什么会在夜里如此疼痛，疼得在床上直打滚呢？

疼痛的呻吟声传到女厨师和丈夫弗拉斯过夜的厨房。我打发弗拉斯去找安娜·基里洛夫娜。那天晚上，她来了，不得已给我注射了吗啡。听说，我的脸都绿了，怎么回事呢？

我不喜欢我们的医师，他是一个孤僻的人，而安娜·基里洛夫娜则是一个既可爱又聪明的人。我很吃惊，这女人年纪并不大，为什么要孤独地守在这白雪成堆的活棺材呢？她的丈夫被德国人抓去当俘虏了。

我不得不赞扬第一个从罂粟花中提取吗啡的人，他可是全人类的恩人。在注射吗啡七分钟后，疼痛止住了。真有意思：一开始那疼痛就像整排整排的波浪一样源源不断地涌来，我觉得自己快要死掉了，仿佛有一根钢钎伸进我的胃里不断翻搅。注射了吗啡之后，过了四分钟，我居然能分辨那种疼痛的波形了。

要是医生自己可以试很多很多药，那该多好啊。那他对药效的了解又该是另一回事了。注射以后，连续几个月来我第一次沉沉地、甜美地睡着了。甚至没有去想我的女人，那个欺骗了我的女人。

2月16日

今天，安娜·基里洛夫娜来接诊时询问了我的身体状况。她说，这么久以来她是第一次看到我不是愁眉苦脸的。

“难道我一直愁眉苦脸吗?”

“特别严重，”她坚决地回答道，还补充说，她很惊奇为什么我总是沉默不语。

“我就是这样的人。”

不过，这可是在撒谎。在遭遇家庭创伤之前，我可是一个非常开朗的人。

黄昏来临得很早。房间里只有我一个人。晚上又开始疼了，不过不太严重，充其量算是昨天阵痛的影子而已。这次是在胸骨后面什么部位。我担心昨天的疼痛会再次发作，便自己在大腿根部注射了一毫克。

疼痛马上就停止了。真庆幸安娜·基里洛夫娜还留了这么一小瓶。

2月18日

注射四针也不是很可怕。

2月25日

这个安娜·基里洛夫娜真是个怪人！就好像我不是医生似的，还特地注明——只能注射针管二分之一的吗啡[①]。

3月1日

波利亚科夫医生，你可要小心了。

无稽之谈。

黄昏。

已经有半个多月了，我一次也没有想起那个欺骗了我的女人。她那阿姆涅丽斯独唱声部的旋律不再纠缠我了。我以此为傲。我——可是个男子汉。

安娜·基已经成为我的非正式妻子了。不得不这么做。我们都被囚禁在这荒无人烟的小岛上。

雪变样了，好像变得更加灰暗了。严酷的寒冷已经消失了，但时不时地还会刮起暴风雪。

第一分钟，有一种轻轻触摸脖颈的感觉。这种触摸开始变得温暖起来，继而开始扩散。到了第二分钟，心口下面有一股寒流陡然流过，随之而来的是超常清晰的思维和工作能量的爆发。所有不愉快的感觉都消失了。这是一个人精神力量得以发挥的制高点。如果我不曾受到医学教育的毒害，那我可能会说，一个人只有在注射了吗啡之后方可正常工作。实际上，如果轻微的神经痛就能将他从马鞍上打下来，那么这人还有什么用呢？

安娜·基害怕了。为了安慰她，我对她说，我从小就是一个意志力非常坚强的人。

① 原文为拉丁文。

3 月 2 日

有传闻说发生大事了。好像是尼古拉二世被推翻了。

我很早就躺下睡觉了。大概是十点钟。

我睡得很香。

3 月 10 日

开始革命了。白天变得越来越长，傍晚好像越来越蓝了。

我还从未在黎明时分做过这样的梦呢。这是个双重梦。

而且，那个梦可以说是玲珑剔透。它非常清晰。

是这样一个梦：我看见一盏亮得可怕的灯，它辐射出五颜六色的彩色光带。阿姆涅丽斯一边摇摆绿色的羽毛，一边唱歌。乐队很是宏大，声音非常饱满。但是，我无法用语言来形容。总之，在正常的睡梦中音乐都是无声的。（正常的睡梦中？还有一个问题，哪样的睡梦才算是比较正常的梦？当然，我这是在开玩笑……）而在我的梦中，完全可以听见音乐声。更重要的是，我还可以根据自己的意志加强或减弱音乐声。记得《战争与和平》里写过，别佳·罗斯托夫就曾在半梦半醒中经历过这种状态。列夫·托尔斯泰真是一位了不起的作家！

现在来说说那种透明吧。是这样的，透过《阿依达》流光溢彩的颜色，我能从房门里真切地看见书桌边缘，台灯以及闪闪发光的地板，透过大剧院乐队的声乐浪潮，我还能听到清晰的脚步声，犹如沉闷的响板在“噔噔”作响。

也就是说，已经八点了。安娜·基来叫我并向我通报急诊室的情况。

她料想不到，没必要来叫我的，我能听见她说话，还能跟她说话呢。

这种体验，我昨天就领略了一回。

安娜：“谢尔盖·瓦西里耶维奇……”

我：“我听到了……（轻轻对音乐说——‘音乐大点儿’）。”

音乐——强大的和弦。

升 D 调……

安娜："已经有二十个人挂号了。"

阿姆涅丽斯开始唱歌。

不过，这是无法用文字来表达的。

这些梦有害吗？噢，不。做完梦之后，我变得强健有力、精神抖擞。工作状态很不错。我甚至开始有兴趣了，以前从未出现过这样的情况。难怪呢，我的思想总是集中到我的前妻身上。

而现在我很平静。

我很平静。

3 月 19 日

夜里，我跟安娜·基吵架了。

"我不会再为你配置溶液了。"

我开始劝说她：

"说什么蠢话，安努霞。难道我是个小孩子吗，是吗？"

"反正我不干了。你就等死吧。"

"喏，你想咋样就咋样吧。你知道吗，我的胸口疼！"

"那你去治疗。"

"去哪儿治疗？"

"休假去接受治疗。吗啡治不了病。（她想了一会儿，又补充了一句）我真的无法原谅自己，当时为你预留了第二瓶吗啡。"

"你的意思是，我是个瘾君子，是不是？"

"是的，你已经是个瘾君子了。"

"那你为什么不走？"

"我不会走的。"

这是我第一次表现出令人厌恶的吵架的本事，更重要的是，明明是我不对，我居然还在骂人。

不过，这事并不是马上就发生的。我走进卧室，看了看。那小玻璃瓶底部还有一点液体在晃荡。我将这些液体吸入注射器——只有针管的四分之一。我一把扔掉针管，自己抖了一下。然后又捡起针管，仔细端详起来——针管上一点儿裂缝都没有。我在卧室里坐了二十多分钟。然后走出卧室，朝安娜走去。

她离开了。

我有点受不了，于是追过去找她。我敲了敲她宿舍亮着灯的窗户。她出来了，裹着头巾，站在台阶上。夜，静静的，静静的。雪松松的。远处的天际上，荡漾着一丝春意。

“安娜·基里洛夫娜，劳驾你了，给我药房的钥匙吧。”

她低声说：

“不给。”

“同志，劳驾你了，给我药房的钥匙。我这是在以医生的身份跟你说话。”

在夜幕中，我看到她的脸变了，变得很白，眼窝深深地陷下去了，黑黑的。她用那样一种声音回答我，我的心里不禁产生了一丝怜惜。

不过很快，怨恨再次涌上心头。

她说：

“凭什么，凭什么你要这样说？啊呀，谢尔盖·瓦西里耶维奇，我真可怜你。”

说着从头巾下伸出手，我看见钥匙就在她手里。也就是说，她出来见我时就拿了钥匙。

我很粗鲁地说：

“给我钥匙！”

我从她手里夺过钥匙。

我穿过那腐朽的、颤悠悠的小桥，向白色的医院大楼走去。

我的内心非常愤怒，这首先是因为，对于如何制备皮下注射的吗啡溶液，我竟然一无所知。我是个医生，却不如一个女助产士！

我边走边哆嗦着。

这时，我听见她就像一条忠实的狗似的跟在我后面。心里顿生一股温柔，但我将它抑制住了。我转过身，停住脚步，说：

“配还是不配？”

她摆了摆手，绝望地说：“已经这样了，无所谓了。”然后轻声回答道：“我配。”

一个小时后，我恢复了正常。当然，我请求她原谅我的无礼行为。我自己也搞不明白，当时怎么会那样对她。我向来是个彬彬有礼的人。

她对我的道歉做出奇怪的反应。只见她双膝跪地，握住我的手说：

“我不生您的气，不会生气的。到现在我才明白，您的人生被毁了。我才明白啊。我诅咒自己，当时给您注射了那一针。”

我尽力安慰她，告诉她这事与她无关，我自己应该对这事负责。还答应她，从明天开始会认真戒毒，逐渐减少剂量。

“您现在注射多大的剂量?”

“胡说。现在是三针管百分之一的水溶液。”

她抱住头，沉默不语。

“您别激动啊!”

坦白说，我知道她在担心什么。盐酸吗啡[1]的确是一种可怕的东西。它很快就能使人上瘾。不过，像我这样上瘾不深的应该不算是吗啡中毒吧？……

说实话，这个女人是唯一真正忠实于我的人。实际上，她应该成为我的妻子。我忘掉了那个女人，已经忘掉了。还要感谢吗啡呢……

1917 年 4 月 8 日

太痛苦了。

4 月 9 日

春天太可怕了。

封在瓶子里的魔鬼。可卡因——封在瓶子里的魔鬼。

它的效果是这样的。

当你注射了一针百分之二的水溶液，你会马上进入安逸状态，那一刻你会觉得特别愉悦、特别满足。而这种状态仅会持续一两分钟。然后，这种感觉消失得无影无踪，就像不曾出现过一样。随之而来的

---

① 原文为拉丁文。

是疼痛、恐惧和黑暗。外面春天在喧闹，黑色的鸟雀在光秃秃的树枝上飞来飞去，远处的森林就像卷曲的、黑色的鬃毛一样延伸到天际，那儿正燃烧着春日的余晖，几乎占去了四分之一的天空。

我在这间空旷、孤单的医生寓所里沿对角线来回踱步，从门口走到窗户边，再从窗户边折回门口。这样的踱步，我能走几步呢？十五步，抑或是十六步？——反正不会比这更多了。然后，我不得不调头回到卧室。小玻璃瓶旁边的纱布上放着一支针管。我拿起针管，胡乱地往大腿上擦一些酒精，赶紧将针头刺入皮肤。一点儿都不觉得疼。恰恰相反：我总是预感到那种即刻就会降临的愉悦。这不，愉悦感已经来了。我之所以了解愉悦感的来临，是因为守门人弗拉斯为了迎接春天正在门廊上拉手风琴，手风琴嘶哑、刺耳的旋律投透过窗户向我传来时却变成了天使的歌唱，那手风箱发出的刺耳声音就像天空合唱团一样。不过，这种感觉极为短暂。我血液中的可卡因按照药理学中不曾记录过的神秘规律转化成了某种新的物质。我知道，这种物质就是魔鬼和我的血液的混合物。只见门廊上的弗拉斯无精打采，我开始憎恶他；而那晚霞嗡嗡作响，灼烧着我的五脏六腑。一个傍晚就能这样反复了好多次，我终于明白，我是真的中毒了。心脏怦怦地跳，我感觉它似乎要跳到我的手上，跳到太阳穴上来……然后，它便落入深渊。有那么几分钟，我觉得波利亚科夫医生活不下去了……

4 月 13 日

我是不幸的医生波利亚科夫。今年二月我染上了吗啡瘾。我要警告所有和我一样染上吗啡瘾的人们，千万不要尝试着用可卡因代替吗啡。可卡因——真是一种可怕而又奸诈的东西。昨天晚上，安娜动用樟脑才使我稍微好受一些，而现在——我简直就是行尸走肉。

1917 年 5 月 6 日

我已经好久没有记日记了。太遗憾了。确切说，这不算日记，而是病历。显然，我已经对这世界上我唯一的朋友产生了特殊的偏好。

因此，如果说这是病例的话，我现在的状态是：每天注射吗啡两次——中午五点钟一次（午饭后），晚上十二点一次（睡觉前）。

百分之三的水溶液，两个注射器。慢慢地，我开始注射百分之六的水溶液。

还不错!

之前的笔记有点歇斯底里。其实没什么可怕的。这丝毫不会影响我的工作。相反，我白天才会依赖傍晚注射的那点水溶液。我能成功地做完手术，能准确无误地开出药方。我以我医生的名义担保，我的吗啡瘾并未对我的病人造成任何伤害。但是，其他人却让我非常痛苦。我总觉得，他们已经知道了我这不可告人的秘密。在接诊室，我总觉得我的助手医生向我的背上投来沉重的、拷问的目光。

无稽之谈！他是不可能猜出来的。没什么迹象出卖我。只有晚上的瞳孔才会出卖我，而晚上我从来不与他碰面。

我去了一趟县城，补给了药房里急剧减少的吗啡。在那儿，我不得不领受非常痛苦的时刻。除了吗啡碱（那东西我们那儿多得是）以外，我还在申请单上填了其他一些药品。药库主管看了看我的申请单，说：

“四十克吗啡?”

我就像个中学生一样，不敢正视他的眼睛。我觉得，我的脸红了。

他说：

“我们没有这么大的量。只给十克。”

他们的确没有这么大的量。但是我感觉，他好像发现了我的秘密，他在揣摩和观察我的眼睛，于是我心神不宁，备受折磨。

不，瞳孔，只有瞳孔才最危险。因此，我给自己定下一个规则：只有晚上才能与别人碰面。不过，没有比我待的这个地段更方便的地方了。近半年来，除了病人我几乎见不到别的什么人。而这些病人跟我没有什么关系。

5月18日

闷热的夏夜。待会肯定会打雷。森林远处，乌云滚滚。说着，有一道白光闪过，令人发慌。雷声来了。

我面前放着一本书，书上记录了这样一段话，是关于戒除吗啡的：

“……极度烦躁，惊恐不安的忧郁状态，容易激动，记忆力减退，有时会出现幻觉和轻微的意识模糊……”

我还未出现过幻觉，就其他症状来看，可以说：“真是些苍白无味而又冠冕堂皇的空话！”

“忧郁迷惘的状态！”……

不，患上这种可怕疾病的我要提醒所有的医生，请对自己的病人多一些同情心吧。并不是什么“忧郁迷惘的状态”，是翩然而至的死神控制了吸毒者，唯有这些病人才能将吗啡夺去一两个小时。空气又不能填饱人的肚子，它是不能吃的……他体内的每一个细胞总在渴求……渴求什么？这个无法界定，也不好解释。总之，人是没有了。他被勾销了。在那儿运动、忧虑和受折磨的是一具尸体。除了吗啡，他什么也不想做，什么也不去思考！只有吗啡！

与对吗啡的渴求相比，对死亡的渴求更加美好，更加快乐。正因如此，被活埋的人肯定会竭力捕捉棺材里的每一丝空气，因而会使劲抠抓胸口的皮肤。也正因如此，当熊熊火舌吞噬那些异教徒的双腿时，他肯定会在火堆上呻吟，蠕动……

死亡——残酷的、翩然而至的死神……

这才是专业术语“忧郁迷惘的状态”所包含的真实含义。

我再也受不了了，于是拿起针管又注射了一针。呼了一口气，又呼了一口气。

总算是轻松多了……皮肤下流过一股淡淡的清凉……

三针百分之三的吗啡水溶液。到午夜之前，这些就足够了。

无稽之谈！这些笔记全是无稽之谈。并没有那么可怕。早晚我都会戒掉的！……现在还是睡觉吧，睡觉吧。

与吗啡的斗争折磨着我，几乎将我打垮。

（从这儿开始，笔记本的二十多页被撕掉了。）

……呀

……四点多开始呕吐。吐了三十多分钟。

等我感觉稍微轻松一点的时候，我记下了这些可怕的感受。

1917 年 11 月 14 日

从莫斯科某医生（这位医生的具体姓名被省略了）的诊所逃出来之后，我再次返回家中。倾盆大雨如幕如注，将我与这世界隔绝。就让我与世隔绝吧。我不需要这个世界，就像这个世界也不需要我一样。发生枪击和政变的时候，我还待在诊所呢。然而，在莫斯科街头的战役打响之前，我的脑海里已经偷偷产生了放弃治疗的念头。我还要感谢吗啡，是它让我成为一个勇敢的人。任何枪林弹雨都不会让我觉得可怕。况且，一个满脑子只念着那种神奇的美妙晶体的人，还有什么可怕的呢。可是那位女医生，却被轰隆隆的炮声吓住了……

（这里撕掉了一页。）

……

之所以撕掉这一页，是为了不让人们发现这件可耻的事情，一个获得了学位证书的人居然偷偷地、无耻地逃跑了，还偷走了那套住院服。

要那衣服做什么呢！

我带走了那套住院服。当时顾不上把它脱下来。第二天打了一针后，我又复活了，于是返回 N 医生那里。他一脸同情地看着我，但是透过这种同情仍是难以掩饰的鄙视。这是徒劳的。要知道，他可是精神病医生，应该会理解我常常会管不住自己。我可是病人啊。为什么要鄙视我呢？我把那套住院服还回去了。

他说：

“谢谢，”随后又补充道，“您现在想怎么办呢？”

我生气勃勃地告诉他（当时我还处在非常愉悦的状态中）：

“我决定返回那偏远之地，因为我的休假到期了。非常感谢您的帮助，我明显感觉到已经好多了。我自己会坚持治疗的。”

他回答道：

"您的身体一点儿都没有好转。说实话，您对我说这些话，我觉得有点可笑。只要看一眼您的瞳孔就足够了。喏，您这是在跟谁说话呢？……"

"教授，我没有办法立刻将它戒除。特别是现在，发生了这么多事情……枪战完全把我搅乱了……"

"枪战已经结束了。现在新政权上台了。您还是继续住院治疗吧"

随后，我回想了一切——冰冷的楼道，红色油彩涂成的空荡荡的墙壁，我趴在地上，就像一条被打折腿的狗一样。我在期待什么？期待什么呢？是热水浴吗？只给注射千分之五的吗啡溶液。说实话，这剂量不会致人死亡。不过，所有的忧愁都会滞留下来，横亘在那里。无数个寂寞的长夜，我几乎撕碎身上的住院服，就是为了让他们放我出去？

不，不。既然发明了吗啡，既然从那神奇植物的干枯茎头中将它提炼出来了，那就一定能找到将人从吗啡之苦中解脱的办法！我倔强地摇了摇头。忽然，他站起来了，我立刻惊恐地朝门扑过去。我觉得，他肯定是想把我锁在这扇门里面，想强行将我留在诊所了……

教授顿时满脸通红。

"我不是典狱官，"他激动地说道，"这儿也不是布特尔基精神病院。安心地留下来吧。两周前您还在夸口，说您已经恢复正常了。而现在……"他夸张地做了个我惊恐时的姿势，说："我不会强留您的。"

"教授，请把我的疗养证还给我吧。我求求您了，"我可怜巴巴的声音甚至抖了一下。

"那好吧。"

他转动着桌子上的钥匙，把疗养证还给我了（上面写着，我有义务在这儿接受为期两个月的治疗，我可以被强行留在诊所接受治疗，等等，总之，都是一些常规规定）。

我用颤抖的手接过疗养证，将它收好，然后低声说：

"谢谢您了。"

说着起身要走。我迈开步子。

"波利亚科夫医生！"他就在我身后。我转过身，抓住门把手。

“这样吧，”他还在劝说，“再好好想想吧。您要知道，您迟早要接受精神治疗的，喏，那时候就晚了……而且，那时候的状态就更加糟糕了。我还是把您看作一位医生来对待的。那时候，您就会陷入精神状态完全崩溃的状态。亲爱的，实际上，您不能再继续行医了，如果不向您的工作单位告知这件事真是太罪恶了。”

我哆嗦了一下，明显感觉到脸上血色全无（尽管我脸上的血色本来就不太明显）。

“我，”我轻声说，“求求您了，教授，不要将这件事告诉任何人。如果那样的话，我会被开除公职的。我已经是个病人了。您为什么还要这样对我呢？”

“去吧，”他懊恼地喊道，“去吧。我什么都不说了。迟早会将您送回来的。”

我走了。我发誓，一路上被疼痛和羞愧引起的抽搐折磨着。为什么呢？

非常简单。唉，我的朋友，我忠实的日记。你不会出卖我的吧？关键不在这套衣服，而在于我偷了诊所的吗啡，三立方厘米的晶体和十毫克百分之一的吗啡水溶液。

令我感兴趣的不止这个，还有别的东西。当时，钥匙就插在柜子上。喏，如果柜子上没有插着钥匙呢？平心而论，我会不会撬开柜子呢？

我会撬开柜子的。

这样，波利亚科夫医生变成小偷了。还来得及将这一页撕去。

喏，关于行医这件事他还是有点过分了。的确，我是个堕落者。一点儿没错，我的道德品质已经开始腐化了。但是我还能工作，我从未对我的病人造成任何不幸或是损害。

为什么要偷东西呢？很简单。我知道，在战争和政局混乱时期，我很难弄到吗啡。时局稳定的时候，我还是在一家药房弄到了十五克百分之一的水溶液——这种既对我有害又不可或缺的东西（不得不注射九针）。我不得不低三下四。药剂师要求盖章，还时不时地用沉郁而又狐疑的眼光打量我。好在第二天，等恢复正常了，我还是能毫不费力地在另一家药房弄到二十克晶体——我自己开了药方交给医院（当然，总会开一些咖啡碱和阿司匹林）。说到底，我为什么要躲躲藏藏、战战兢兢的呢？我额头上难道写着吗啡中毒者这几个字吗？说到底，这与谁有关呢？

难道我堕落得还不严重吗？就让这些笔记来作证吧。笔记时断时续，要知道我可不是真正的作家！难道他们就没有任何疯狂的想法吗？我认为，我的推论是完全理智的。

吗啡中毒者有一种任何人都无法夺去的幸福，那就是在完全孤独的状态中度日的能力。而孤独——就是非常重要的、意味深长的思想，是达观、安静和智慧……

黑夜流逝着，黑漆漆，静悄悄。小河后面是一片光秃秃的林地，阴森森的，秋天。远处，远处便是那狂乱、喧闹的莫斯科。我什么都不想管，什么都不需要，什么地方都不想去。

台灯的火光燃烧着，静悄悄地燃烧着。在经历了莫斯科的奇遇之后，我只想休息，只想忘却这段经历。

于是忘却了。

忘却了。

11 月 18 日

霜冻。天气很干燥。我沿着小河边的小路散步，因为我几乎从未到室外呼吸新鲜空气。

道德腐化——的确是腐化了，但我仍在竭力挽救它。例如，今天早上我就没有注射（现在我每天注射三次，每次都是三针管百分之四的水溶液）。我特别难受。我可怜安娜。每一个新的百分比都是在要她的命。我很可怜她。唉，可怜的人啊！

是……终究……这不……当万籁俱寂，我决定忍受一会儿折磨

（让 N 教授来欣赏一下我的样子吧），我没有注射，而是来到小河边散步。

真是个荒凉的地方。没有声音，没有动静。黄昏尚未来临，但是它正潜伏在某个地方，很快就会从沼泽地、荒草丛和树桩间爬出来。爬着爬着，就朝列夫科沃医院去了。我蹒跚而行，手里拄着拐棍（说实话，我觉得最近身体已经有些虚弱了）。

突然，我看见一个黄头发的小老太婆从小河边沿着斜坡朝我飞奔而来，在她色彩绚烂的钟形裙摆下几乎看不见摆动的双脚。起初，我有点疑惑，甚至有点害怕。太可怕了——在这样寒冷的天气，为何这小老太婆没有戴头巾，只穿着一件短衫呢？接着，疑问接踵而至。这小老太婆是从哪儿来的呢？她是谁呢？列夫科沃医院的接诊结束后，附近农民的雪橇便各奔东西，方圆十里之内几乎没有人影。迷雾，沼泽，森林！忽然，我的背上直冒冷汗——我明白了！这老太婆并没有挨地，她不是在跑，而是在飞。这是好兆头吗？不过，我尖叫并不是因为这个，而是因为她手里拿着一把草叉。为什么我如此害怕呢？为什么？我单膝跪地，伸出双手遮住自己，生怕她看见我，然后转过身，踉踉跄跄地飞奔回家，犹如奔往一个可以得救的救命之地。我只盼望心儿不要崩溃，好让我奔回那个温暖的房间，看见活生生的安娜……还有吗啡……

我飞奔而去。

无稽之谈。原来是无聊的幻觉。偶然出现的幻觉。

11 月 19 日

呕吐。真难受。

这是二十一号晚我同安娜的对话：

安娜："医师知道了。"

我："真的吗？无所谓了。小事。"

安娜："如果你不离开这儿进城去，我就上吊。你听见了没？你看看自己的双手，你看看。"

我："他们在发抖。但是这一点儿也不影响我的工作。"

安娜："你看看——他们都要透明了。就剩皮包骨头了……你再看看你的脸……你听着，谢辽沙。离开这里吧，求求你了。离开吧……"

我："那你呢？"

安娜："离开吧，离开吧。你会死去的。"

我："喏，这话严重了吧。但是我真的搞不明白，为什么我的身体虚弱得这么快呢？要知道我生病还不到一年呢。显然，我的体质就是如此。"

安娜一脸担忧地问我："什么才能让你起死回生呢？也许，是你的那位妻子阿姆涅丽斯吧？"

我："噢，不。你放心吧。感谢吗啡，是它让我摆脱了她。吗啡代替了她。"

安娜："唉，你呀，天哪……我该怎么办呢？"

我觉得，只有小说中才会出现安娜这样的人。如果有朝一日我康复了，我要将我的命运与她的命运永远结合在一起。但愿她的那位不会从德国回来。

12 月 27 日

已经好久没有打开过笔记本了。我裹得严严实实，马车在等我呢。博姆加德离开戈列洛沃地段了，我被派去接手他的工作。我这里来了一位女医生。

安娜还留在这儿……她会上我那儿去的……

虽然我们之间相隔三十俄里。

我断然决定：从 1 月 1 日起，我要休一个月的病假，去莫斯科的教授那里接受治疗。我又要交上我的疗养证，在他的诊所里接受一个月非人的治疗。

1918 年

1 月

我没有启程。我无法离开那神奇的可溶解的小神灵。

治疗期间我会死掉的。

我的脑海里越来越频繁地出现一个想法：我没必要接受治疗。

1月15日

早晨还是在呕吐。

黄昏注射了三针百分之四的水溶液。

夜里又注射了三针百分之四的水溶液。

1月16日

今天是手术日。所以我克制了好长时间——从夜里到晚上六点。

黄昏是最可怕的时候，房间里只有一个清晰的声音在回荡，那个单调而又无聊的声音不断重复着：

“谢尔盖·瓦西里耶维奇。谢尔盖·瓦西里耶维奇。”

注射了一针后，一切都在瞬间内消失了。

1月17日

又是暴风雪。没有接诊。戒毒期间，我阅读了一本精神病学的教科书，它给我留下了可怕的印象。我要死了，一点儿希望都没有了。

戒毒时，我惧怕树叶的沙沙声。也讨厌人们。我害怕他们。在我欣喜时，我喜欢他们每一个人，但更喜欢独处。

在这儿，我必须小心谨慎。这里有一名医师和两名助产士。必须得特别仔细，才不致暴露自己。我变得非常老练，终于没有出卖自己。任何人都不知道，我这儿储备了吗啡。我自己制备水溶液，或提前把药方寄给安娜。有一次，她做了一个荒唐的尝试，试图用百分之二的水溶液代替百分之五的水溶液。她冒着严寒暴雪，亲自把配置好的水溶液从列夫科夫给我送来了。因为这事，那天晚上我们狠狠地吵了一架。我说服她以后别这么做了。我告诉这儿的人说，我生病了。头疼了很久，想不出自己到底生了什么病。我对人们说，我患上了腿风湿和严重的神经衰弱。我提醒他们，二月份我要休假去莫斯科接受治疗。事情进行得很顺利。工作也开展得有条不紊。我因为打嗝而不断呕吐，在这样的日子里，我尽量避免给病人做手术。这样的话，我不得不告诉人们，说我患有胃膜炎。唉，我这人得的病还真不少！

这里的人都很同情我，一个个催促我赶快休假。

我的外表已经变了：身体瘦削无比，面色苍白如蜡。

我冲了盆浴，在医院的磅秤上称了称体重。去年我还有四普特重，现在只有三普特十五俄磅了。我惶恐地看了看针头，随即，这份惶恐消失了。

我的两只胳膊上生满了脓疮，大腿上也长满脓疮。我不会无菌制备水溶液，此外，有三四次注射时我使用了没有消毒的注射器，因为出发前太仓促了。

这种操作可是不符合规定的。

1月18日

又出现了幻觉。

我期待黑乎乎的窗口出现白色的人影。这令人难以忍受。只有一扇窗帘。我便拿了一块医用纱布将窗口遮住了。我却想不出任何借口。

唉，真是见鬼了！我为什么要为自己的举动想个借口呢？要知道，这实际上是一种折磨，而不是生活。

我还能自如地表达我的思想吗？

我觉得，还可以。

生活？真可笑！

1月19日

今天接诊休息时，我们在药房边休息边抽烟。一位医师一边捻烟末，一边给我们讲述（不知怎么的还带着一丝笑意），一位染上吗啡瘾却搞不到吗啡的女医师如何服用了半杯鸦片酊。在他讲述这个令人痛苦的故事时，我真不知道该把眼光藏到哪儿去。这种事儿好笑吗？我觉得他简直令人憎恶。有什么好笑的？哪儿好笑了？

我贼头贼脑地离开了药房。

“您认为这种病有什么好笑的？”

但我还是忍住了，忍……

从我现在的状态看，我不能对人们表现出特别傲慢的样子。

唉，这位男医师。他和那些精神病医生一样冷酷，都帮不上病人什么忙，一点儿都帮不上。

帮不上。

上述片段记录于戒毒时期，其中有很多不公正之处。

今晚月色如水。呕吐发作后，我很虚弱地躺着休息。我的双手没法抬高，于是就这样用铅笔划一划我的思想。我的思路很清晰，也很骄傲。有好几个小时，我觉得非常幸福。在我进入梦乡之前，必须划一划我的月亮和月亮上的歌手。在注射后，一切都不再可怕。

2月1日

安娜来了。她生病了，脸色蜡黄。

我毁了她的一生。毁了她。是的，我的良心上承载着巨大的罪孽。

我信誓旦旦地告诉她，二月中旬我就离开这里。

我会遵守诺言吗？

是的，我会。

这就意味着，我会活下去。

2月3日

就是这样一座小山。一座冰雪覆盖、漫无边际的小山，就像孩提时代的童话中雪橇连同卡伊[1]一起运走的那座小山。我在这座小山上完成了最后一次飞行，我也不知道，山下有什么在等我。唉，安娜，如果你还爱我的话，你的大难就要来临了……

2月11日

我做出了这样一个决定。我要去找博姆加德医生。为什么偏要找他呢？因为他不是精神病医生，因为他年轻，而且是我的大学同窗。如果我没记错的话，他健康、强壮、性情温和。我记得他。也许，他会……我会得到他的同情。他会想出什么法子来。就让他带我去莫斯科吧。我不能去找他。我的休假已经得到批准了。我躺着。没有去医院。

我污蔑了那位医师。喏，他笑了……无所谓了。他来探望我。还建议我去听诊。

我没有答应。还能找什么拒绝的借口呢？不想找任何借口。

给博姆加德的信已经寄出去了。

人们啊！谁来帮帮我呢？

我悲伤地叹息起来。如果有人读到这句话，准会觉得这是做作。不过，不会有人读到的。

在给博姆加德写信之前，我回想了一切，尤其想到了十一月的莫斯科车站。那晚，我从莫斯科逃跑。多么可怕的一个晚上，我在厕所里注射偷来的吗啡，这简直太痛苦了。厕所门几乎要被推开，人声如列车轰鸣般喧闹，人们纷纷谴责我长久地占着位置，而我的双手在颤抖，门钩也在颤抖，我盯着那扇就要被打开的门……

从那时起，我又长了好多疖子。

想到这些，我哭了一夜。

12日凌晨

我又哭了。黑夜的软弱和下作又有什么用呢？

---

① 卡伊，指安徒生童话《雪女王》中的主人公。

1918年2与13日清晨于戈列洛沃

我应该恭喜自己：我已经连续十四个小时没有注射了！十四个小时！这真是个不可思议的数字。天就快亮了，灰蒙蒙的。现在我完全是个健康人了。

从比较成熟的思想来看，我不需要博姆加德医生，也不需要任何人。哪怕将我的生命再拖延一分钟都是可耻的。还要延续这条生命吗——不，决不能。药就在我手边。我以前怎么没有想到呢？

喏，动手吧。我不欠任何人任何东西。我毁掉的仅仅是我自己而已。再就是安娜了。我还能怎么办呢？

就像阿姆涅丽斯唱的那样，时间能治愈一切。当然，她的生活过得既简单，又轻松。

笔记本留给博姆加德吧。这儿记录了一切……

五

1918年2月14日清晨，我在这个遥远的小城读完了谢尔盖·波利亚科夫的笔记。前文呈现了笔记的全部内容，没有进行任何改动。我不是精神病医生，因此无法准确地说出他们是否具有借鉴性，是否有用。我觉得，应该是有用的。

如今已是十年之后，这些笔记引起的惋惜和恐惧已然消失，这是自然的。但是，当波利亚科夫的身躯早已腐烂，关于他的记忆已经淡去，当我再重读这些笔记时，我仍然对它充满兴趣。也许，他们还是为人所需？我敢断定这一点。安娜·基于1922年在她工作的地段死于伤寒麻疹。阿姆涅丽斯——波利亚科夫的第一任妻子——栖居国外。她是不会回来的。

我可以出版他赠给我的这些笔记吗？

可以。于是出版了。博姆加德医生。

一九二七年秋

司　炉

[奥地利] 卡夫卡

马　丹　译

十六岁的卡尔·罗斯曼被贫困的父母送到美国去了，因为一个女仆引诱了他，还和他有了一个孩子。当他乘坐的轮船缓缓驶入纽约港时，他已经老远就看到自由女神雕像了，而突然强烈起来的阳光正照耀着她。她的手持宝剑的臂膀好像刚刚才高高举起，她的身躯四周，自由之风轻轻吹拂。

“这么高啊!”他自言自语着，还没有想到下船的事。背着行李经过他身边的人越来越多，他就被这一群人慢慢地挤到了甲板的栏杆旁。

有个年轻人是卡尔在船上认识的熟人，他路过卡尔身边时，说道：“啊！你还不想下船吗?”“哦，这就走。”卡尔冲他笑了笑说。卡尔是个强壮的小伙子，他一高兴就把箱子扛在肩上。他抬头看到他的熟人和别人先走了，手里还轻轻挥动着一根手杖，此刻他才想起自己的雨伞忘在下面的船舱里了。他不得不赶紧叫住了这位熟人，请求帮忙照看一下箱子，对方似乎还不大乐意。卡尔环顾了一下四周，以便回来时找到放箱子的地方，然后他就去找伞了。他在甲板下找了一条近道，可惜这时被堵住了，也许是因为全体旅客都拥着下船的缘故。于是，他只得费劲地另外找一条路，穿过许多小房间，走过一段又一段短短的阶梯，经过几条七倒八拐的走廊，又穿过一个只剩下写字台的空房间。这条路他实际上只走过一两次，而且是和其他人一起走的，现在他可是完全迷路了。他这一路上没有碰到什么人，只听见头顶上不远处有无数人的脚步擦地而过，迷茫之际，他发现机器还在转动，就毫不犹豫地随便敲了一扇小门，不再胡乱转悠了。

“门开着的，”里面有人大声说。卡尔如释重负地舒了一口气，把门打开了。“你干吗这么使劲敲门?”一个彪形大汉问道，几乎不看卡尔一眼。微弱的光线从船舱上面的一个天窗照进来，这简陋的屋子里挤挤挨挨地放着一张床、一个柜子、一把扶手椅，还塞进了一个大男人。“我迷路了，”卡尔说，“我坐船时根本没有注意到，这真是一艘大船啊。”“是啊，你说得对了。”这个男人有点骄傲地说，手里一直摆弄着一个小箱子上面的锁。他不停地用双手把锁扣扣上，然后听见里面“咔嚓”一声。“你就进来吧!”这个男人继续说，“你不能站在外面!”“我不会打扰你吗?”卡尔问。“哪里会有什么打扰!”“你是德国人吗?”卡尔还是不放心，因为他听说初来乍到美国的人会受到欺负，尤其是被爱尔兰人欺负，这种事情还听说得不少。这个男人说：“我是德国人，我是。”卡尔还是犹豫。这时，男人突然拉住门的把手，把卡尔拉了进来，随即关上了门。“来往的人老是往房里看，我受不了。”他一边说，一边又摆弄起箱子，“每个人经过这里都要往里看，得忍受好多人。”“可过道里没有人啊。”卡尔说，他站在床架旁边，被挤得难受。“是的，只是现在没人。”这个男人说。“关键就是现在嘛，”卡尔想，“和这个人说话费劲。”那男人说：“你躺在床上吧，这样宽敞一些。”卡尔想跳上床去，但失败了几次，自己笑了起来，只得爬了上去。刚一上床，他就叫起来：“我的天哪，我把箱子忘了!”“箱子在哪?”“在甲板上，一个熟人在看着。他叫什么来着?”他从上衣衬里的暗袋里摸出一张名片，暗袋是他的母亲为他这次出门缝制的。“布特包姆，弗兰茨·布特包姆。”“这小箱子对你来说很重要吗?”“当然了。”“为什么你还把它交给一个陌生人看管?”“我把伞给忘了在下面，我到下面来找伞，不想拖着箱子到处跑，然后我又迷了路。”“你一个人吗?没有人陪同吗?”“是的，我一个人。”卡尔想到自己本该跟着这个年轻人的，到哪儿能找到一个更好的朋友呢?“你现在箱子也丢了，雨伞也甭提了。”这个人坐到扶手椅上，对卡尔的事似乎有了一些兴趣。“我相信箱子现在没有丢。”“随你怎么相信，”男人说，用力搔着他那又黑又密的短发。“船上的风气，可是跟着码头变的。要是在汉堡，那个布特包姆可能正在看管你的箱子呢！但是在这儿，可能连人带箱子都不见了。”“不过我必须立刻去看一看。”卡尔说，并且环顾周围，看看怎么出去。“你就呆在这儿吧。”这个男人说，还粗鲁地用手在卡尔的胸口上推了一把，把他给推回床上去了。“怎么不让我去呢？”卡尔生气地问道。“因为那没有什么用，”这个男人说，“等一会儿我也去，那时我们两人一起去。要么箱子被偷了，也没有办法；要布特包姆把箱子留在那里，那就等船上走空了，我们再去找会容易得多。你的伞也会找到的。”“船上你很熟悉吗？”卡尔不相信地问道，等船上空了再去找东西本来是很有道理，但卡尔总觉得有些不对劲。“我可是船上的司炉。”这个男人说。“你是船上的司炉！”卡尔高兴地叫起来，似乎是大喜过望，他撑着胳膊，仔细打量这个男人。“在我之前和一个斯洛伐克人住过的房间，那里有一个打开的舱门，我们从舱门可以看到机房。”“我就在那里干活。”司炉说。“我对技术一直很感兴趣，”卡尔说，脑子还想着自己的事，“要不是我必须来美国的话，我以后肯定可以当工程师。”“为什么你必须来到美国呢？”“啊，就那么回事了！”卡尔说着，摆摆手，做出不想旧事重提的样子。这时他微笑地看着司炉，好像请他谅解这点小秘密。“那总会有个缘由的吧。”司炉说，反倒让人拿不准他是想听还是不想听卡尔的解释。“现在我也可以当司炉，”卡尔说，“我的父母也不在乎我做什么了。”“我的位子就要腾出来了。”司炉说，下意识地将手插在口袋里，再将两条腿打直了搁在床上，腿上穿着起皱的灰色仿皮裤子。卡尔不得不往墙那边靠得紧一些。“你要离开这条船吗？”“是的，我们今天走人。”“为什么？你不喜欢在船上吗？”“是的，事情就是这样，喜欢不喜欢都无所谓。顺便说一句，我也的确不喜欢。也许你并未认真地考虑过当司炉的事，恰恰当司炉是最容易的了，我劝你放弃吧。如果你打算在欧洲读书，为什么不在这里读呢？美国的大学比欧洲的要好得多。”“这很有可能，”卡尔说，“但是我没有钱读书。我确实听说过有这么一个人，白天在商店里干活，晚上学习，后来当了博士，好像最后还当了市长。但是这需要很大的毅力，对吗？我可能没有这个能耐。再说，我又不是一个优秀的学生，离开学校也没有让我特别难受，这里的学校可能要更严一些。英文我几乎不懂，而这里的人对外国人又抱有很多偏见，这是我的看法。”“你也发现了？很好，那我们就是一路人了。你看，我们是在一条德国船上，属于汉堡到美国的航线，为什么我们要聘用一些外国人呢？为什么总机械师是一个罗马尼亚人呢？他叫舒巴尔。这真是不可思议。这个混蛋居然在一艘德国船上欺压我们德国人。你别以为，”他急得喘不过气来，打着手势，停了一会又说，“我是为了抱怨而抱怨。我知道，你也没有办法，不过是个穷小子，可这事实在太气人了。”好几次他拿拳头猛敲桌子，敲的时候眼睛死死盯着拳头。“我在好多船上干过活，”他一口气列举了二十多条船的名字，连珠炮似的，听起来像一个名字。卡尔都听糊涂了。“我干得很出色，受到表扬，船长也很欣赏我这样的工人，我还在同一条商船上干了好多年。”他站起来，好像这是他一生的顶峰。“可是在这个小盒子里，什么都规规矩矩的，不需要有什么主意，我也一无是处。我总是挡着舒巴尔的路，好吃懒做，活该被撵出去，给我点工资都是可怜我。你知道是怎么回事吗？我就搞不懂。”“你可不能任由他们欺负啊！”卡尔激动地说。躺在司炉的床上，他感觉像在家里一样，忘了自己还在一艘船上，停靠在异乡的岸边。“你去找过船长没有？你去向他争取过没有？”“哎，你还是走吧，我请你离开，我这里不留你了。你就没有听我说，也不给我出主意。我干吗要去找船长啊！”司炉又坐下了，显出疲惫的样子，用手捂住了脸。

“我可想不出更好的主意了。”卡尔心里想。他现在觉得，还不如去取他的箱子，而不要出什么主意，出的主意只会被人笑话。父亲把箱子交给他的时候，曾开玩笑地问他：“你的箱子能保存多久？”而现在这宝贵的箱子恐怕是真的弄丢了。唯一令人安慰的是，即使父亲追问起来，也不可能知道得一清二楚，同行的人顶多告诉他，他们和卡尔一起到了纽约。可惜的是，卡尔还没有动用过箱子里的东西，虽然他早就知道该用那些东西了，比如更换衬衫。真是不该节省的地方，他却节省了。而现在，他要开始新的前程，本该换件干净的衬衫，这样一来，只得穿脏的了，让人有好戏看了。要不是没有衬衫可换，丢掉箱子也没有那么糟糕，至少他身上穿的这套衣服比箱子里的好得多，箱子里的是一套应急的衣服，是他的母亲在他临行前缝制好的。

他记得箱子里还有一块意大利维罗纳熏肠，是母亲特地包好放进去的，不过他只吃了一小段，因为他在船上没什么胃口，而且船里提供的汤菜也够他吃了。可现在，他多么希望手里有这么一根香肠，好孝敬给司炉，因为像这样的人，只要塞点东西给他，是很容易结交的。卡尔的这点本事是从他父亲那儿学来的。父亲经常给那些在生意上来往的低级职员送点雪茄，笼络他们。可是卡尔现在身无长物，唯有一点钱，目前可不愿意动它，万一箱子真的找不回来了呢。这一下他的思绪又回到了箱子上面。他真搞不懂，这一路上他把箱子看得这样紧，夜里连觉也睡不安稳，怎么就让人轻而易举地给拿走了。他想起在船上的这五个夜晚，有个身材瘦小的斯洛伐克人，睡的地方离卡尔的左边有两个床位的距离，卡尔怀疑他一直在打箱子的主意。他老是在等待机会，只要卡尔困得睡过去了，他就用一根白天不断玩耍或者练习的长竿把箱子钩过去。这个斯洛伐克人白天看起来还本本分分，可一到夜里，他就不时地从床铺上起来，可怜兮兮地朝卡尔的箱子望去。他的这些举动全被卡尔看在眼里，因为总有些心情忐忑的移民，不顾船上的禁火规定，点起小灯，在灯下仔细研究移民局那些复杂的移民指南。如果卡尔的附近有一盏灯，他可以安心打个盹；倘若近处无灯，或者干脆没有人点灯，舱里一团漆黑，他就得张大眼睛。为了守护箱子，卡尔搞得精疲力竭，可这些苦头也许白吃了，这个布特包姆，要是哪天能碰见他就好了！

这时，在外面的远处响起了一阵轻轻的、短促的打击声，像孩子的脚步声，打破了这里的安静。这声音越来越近，越来越响，变成了男人们稳健的步伐。显然，他们是排成一列走过来的，这样才能通过窄狭的走廊，还可以听到一种类似武器碰撞发出的叮当声。卡尔本来已经在床上躺好，抛开了箱子和斯洛伐克人带来的种种忧虑，正昏昏欲睡，却被一下惊醒。他推了一下司炉，让他注意外面的动静，似乎这一小队人马的排头兵已经到了他们的门口。“这是船上的乐队，”司炉说，“他们刚才在上面演奏过，现在要收拾东西了。一切都结束了，我们可以走了，你过来！”他抓住卡尔的手，最后从床铺上方的墙上取下一个带镜框的圣母像放在胸口的袋子里，提着他的箱子，拉着卡尔一起离开了房间。

“现在我要到办公室去，和那些先生们说说我的意见，现在已经没有旅客了，没有什么顾虑了。”司炉重复着这些话，每次都不全一样。走着走着，一只耗子挡在路中间，司炉抬脚想把它踩死，却只是踢到它的身上，把耗子给赶回洞里去了。他原本就行动缓慢，腿虽然长，却重得很。

他们经过厨房的一个操作间，里面有些姑娘穿着肮脏的围裙在一个大桶里洗餐具，她们故意将脏水溅到围裙上。司炉喊了一个名为莉娜的姑娘过来，用胳膊搂着她的腰，她也卖弄风情地偎在他的怀里。他带着那姑娘走了一段，边走边问：“发工资了，你要一起去吗？”“干吗要我劳神？你把我的钱捎来就是了。”说完，她从他的臂弯里溜出去，跑开了。“你在哪里碰上这么个小帅哥？”她还在后面喊了一声，也不需要什么回答。他们听到姑娘们大笑起来，一时忘了干活。

他们继续往前走，来到一扇门前，门的上方有一个小小的三角形楣饰，由几根细小的镀金女像柱托起。作为轮船的装饰，这是很奢侈的。卡尔发现，他从未到过这里，这在行船时或许是专门对一等舱和二等舱的客人开放的，而现在为了要大扫除，那些隔门都被卸了下来。他们确实也碰到一些男人，个个肩上扛着扫帚，还向司炉打了招呼。对于这些情景，卡尔很是惊讶，他在自己的船舱里是闻所未闻的。沿着走廊还铺着电线，可以听见一只铃响个不停。

司炉恭敬地敲着门，里面有人喊了一声“进来”，他打了个手势，让卡尔一同进去，不必害怕。卡尔跟进去了，但留在门边立着。透过房间里的三个窗户，他看到了外面的大海，欢快起伏的海浪也让他心潮澎湃，好像五天的航行下来他还没有把大海看够一样。巨大的船只你来我往，船身也随着波浪在重力许可的范围内摇晃；人若眯着眼睛，会感觉船只是由于自身的重量在摇晃。桅杆上飘着狭长的旗帜，由于船只在航行，旗帜绷得紧紧的，但依旧来回飘动。有礼炮声响起，大概是从战舰上传来的。不远处就有一艘战舰在平稳而略有起伏的行驶中，海风轻轻地抚摩着舰上的大炮，钢制炮筒的表面反射出耀眼的光芒。站在门这里看出去，只能看见一些小船和小艇在大船之间的空隙中穿行。在所有这些大小船只的后面便是纽约，卡尔凝视着那些窗户成千上万的摩天大楼。是的，在这个房间里人们会知道这是什么地方。

在一张圆桌旁边坐着三位先生。其中一个穿蓝制服的是船上的军官，另外两个是港务局的官员，穿黑色美国制服。桌子上放着各种文件，摞得很高，军官手里拿着钢笔，快速地浏览文件，然后把文件交给其他两个人。他们快速地阅读和摘抄，其中一人时常小声地向他的同事口授一些东西，让他记录，口授暂停时，他们就很快地将文件放进公文包里。

窗口旁放着一张写字台，有一位身材瘦小的先生背对着房门坐在那里。他正在摆弄着大开本的账簿，账簿都整齐排列在一个齐眉高的厚板子上。在他旁边立着一个打开的保险箱，至少第一眼看去是空的。

第二个窗户旁没有人，最便于远眺。在第三个窗口的附近站着两位先生，正在低声交谈。其中一个靠在窗边，也穿着船上的制服，正玩弄着剑柄。和他说话的那位正对着窗口，他摇来晃去，使对方胸前挂着的一排奖章时而露出来一些。他是个公务员，有一根细细的竹制手杖，因为他两手叉腰，使得那根手杖也像一把剑。

卡尔来不及看清房间里的各种情况，因为一个侍者很快朝他们走来，询问司炉什么事，侍者的眼神好像在说他不该来这儿。司炉轻声地回答，他要找主任出纳员谈话。侍者摆摆手，他自己拒绝了这个要求，然而他踮着脚，猫着腰，绕过圆桌走向正在摆弄账簿的先生。可以清楚地看到，这位先生听了侍者的话，先是愣住了，后来还是转过身面对着想和他说话的人。先生冲着司炉，为了稳妥，也冲着侍者，用力挥了挥手，表示严厉的拒绝。侍者朝司炉走来，带着一种调门说话，好像透露某些真情，说道："你立刻走吧！"

听完回答，司炉低头看着卡尔，好像卡尔就是他的心，他在默默地向这颗心诉说痛苦。卡尔不假思索地跑开了，穿过房间，甚至轻轻地擦到了军官坐的椅子。侍者弯着腰，伸开双臂跑过去，像要抓捕一只害虫。但是卡尔先到达主任出纳员那里，紧紧抓住桌子，以防侍者把他拉开。

当然，整个房间立刻有了生气。船上的军官马上跳起来，港务局的两位官员冷静而密切地关注着。窗口边上的两位先生并排站到了一起，侍者则往后退了，既然两位大人先生对这情况有了兴趣，他便不再参与此事。司炉紧张地等在门口，看什么时候该出手帮忙了。主任出纳员终于把那张带靠背的扶手椅向右转了一圈，面对着大家。

卡尔从暗袋中掏出了他的护照，并不担心别人看见他的暗袋。他把护照打开，放到桌上，没有做自我介绍。主任出纳员对护照不屑一顾，用两个手指将它弹到一边。好像手续已顺利办完，卡尔便将护照重新放进口袋。

“恕我冒昧，”卡尔开口说道，“我以为这位司炉先生受到了不公平的待遇。有一个名叫舒巴尔的，欺压了司炉。这位司炉在许多船上工作过，他本人可以向各位将所有这些船只的名字一一列举出来，而且他干得很出色，勤勤恳恳，恪尽职守。让人难以理解的是，他为什么在这艘船上干得不好呢？这艘船上的活并不比其他船上，比如商船上的活更繁重。这只能是毁谤造成的。这种毁谤阻碍了他进步，让他得不到应有的赏识。我只是讲了一个大概情况，他自己会向你们讲述具体的苦楚。”卡尔说这话的时候面向各位先生，因为事实上大家都在听，而且很可能在这些人当中还有一个讲公道的人，而这个人未必就是主任出纳员。此外，卡尔很聪明，回避了他和司炉刚刚认识的事情。他刚才的演讲还受到了那位拿手杖的先生的干扰，这位先生满脸通红，他也是从现在这个位置才看到那位先生的；要不然的话，卡尔的这一席话还会说得更精彩。

“刚才讲的句句是真。”司炉接过话茬，此时还没有人过问他，甚至没有人看他一眼。要不是身挂奖章的人表示出愿意听他倾诉的话，司炉的鲁莽真要铸成大错。现在卡尔才恍然大悟，这位挂奖章的人准是船长。他伸出手，对司炉喊道：“过来。”他的声音很坚定，斩钉截铁。现在就看司炉的表现了，卡尔相信正义是站在司炉这边的。

司炉毕竟是见过世面的。这时，他不紧不慢地从他的小箱子里首先取出一卷证件和一个笔记本，然后拿着这些东西向船长走去，将他的证明材料摊在窗台上。他完全忽略了主任出纳员的存在，好像这样做是理所当然的。主任出纳员只好自己走到船长身边。他对船长解释说："这个人是有名的牢骚鬼，他到账房里来的时间比在机房里还多。舒巴尔是个心平气和的人，都被他纠缠得毫无办法。你听着!"然后他面对司炉说，"你这么胡搅蛮缠真是太过分了。你老是提一些无理的要求，已经有多少次被赶出办公室了？你在总办公室里又进进出出多少回啦？多少次，人家好心地给你讲，舒巴尔是你的顶头上司，你作为下级，应该顺从着他。而现在你又跑来，趁着船长也在这里，非但厚颜无耻地骚扰他，还带来这个小子，让他事先准备好，为你那些无礼指控代言。他这个人，我在船上还是第一次见到呢!"

卡尔竭力压住怒火，没有冲上前去。但船长已经说话了："我们听听这个人怎么说吧。舒巴尔可能是有点自作主张了。不过，这也并不代表我就支持你!"最后一句是针对司炉而言的。当然，他不可能立刻支持他，不过一切都好像走上正轨。司炉开始说明原委，一开头还控制着自己，将舒巴尔称为"先生"。卡尔站在主任出纳员的那张空无一人的写字台旁边，心里喜滋滋的。他一次次地按下桌子上的一台邮件磅秤，自得其乐。他听见司炉说：舒巴尔先生不公正！舒巴尔先生偏袒外国人！舒巴尔先生把司炉赶出机房，要他去打扫厕所，根本不是司炉的分内之事！舒巴尔好像很能干，司炉甚至怀疑他外强中干。听到这里，卡尔全神贯注地盯着船长，而且显露出亲切之情，好像他是船长的同事，希望船长不要对司炉不太漂亮的表述介怀。司炉说了许多话，但大家到底还是摸不清他的主旨。虽然船长依旧看着司炉，眼神里流露出了坚决要听他讲完的意思；然而其他的先生却不耐烦了，司炉的声音很快控制不了场面了，这就让人忧心了。那位公务员先生首先发难，他用竹杖轻轻地敲击地板，其他几位也都开始左顾右盼了。港务局的两位官员，明显是有紧急事务要处理，忙着重新去拿文件并开始审读，尽管注意力还不是那么集中。船上的军官又走向他的桌子。至于那位主任出纳员，他以为自己稳操胜券了，带着嘲讽的意味深深地叹了口气。在这一片忙乱中，只有那位侍者不受影响，他对于这个受到压迫的可怜人充满了同情，他朝卡尔严肃地点了点头，似乎想以此说明什么。

在窗外，海港生活依然繁忙。一艘满载圆桶的平底货船从窗前驶过，圆桶堆得有如山高，而且堆放得相当稳固，不会滚到海里去。这艘货船经过时，房间顿时变暗了。一艘艘小摩托艇飞驰而过，艇舵的旁边都笔直地站着一个男子，忙着用双手掌舵，可惜卡尔现在没有时间欣赏这一切。形状奇特的浮标到处都有，在荡漾的水波中时起时伏，人们都带着惊异的眼光看着这些飘浮物。远洋轮的小船由干劲十足的水手划着向前驶去，船上坐满了安静又充满期待的乘客，一个个像是被塞进去的，有些人为了看看周围变化的景象还是忍不住来回地转动脑袋。总之，这是一幅永动不止的画面，充满了动荡不安，并传递给那些无助的人们以及他们的劳作。

然而，所有的事情都要求快速、清晰和详尽，但司炉在干什么呢？他说得满身是汗，双手发抖，拿不住搁在窗台上的文件。他对舒巴尔的抱怨从四面八方涌上心头，照他的意见，每一条都足以葬送舒巴尔的前程。但他向船长叙述的，仅仅是一堆杂乱无章、毫无头绪的东西。那位拿着小竹杖的先生早已不耐烦了，对着天花板轻吹口哨了。港务局的官员把那位军官留在桌子旁边，看样子不想让他离开。船长平静地听着司炉的抱怨，主任出纳员不得已才没有干涉司炉。侍者在一边小心地候着，等待船长随时下达有关司炉的关命令。

卡尔不能再袖手旁观了。他慢慢向那些人走去，一边走，一边飞快地思索着如何巧妙地扭转局面。关键时刻到了，如果没能扭转局面，要不了多久，他和司炉就会被赶出办公室。船长或许是个好人，卡尔觉得，他现在该抓住机会显示自己作为英明领导的判断力了。但是，船长终究不是别人可以随意利用的工具，而司炉带着满腔的愤怒，正是把船长当作了一个诉苦的工具。

于是卡尔对司炉说："你应该说得简单明了一些；照你现在的方法说下去，船长先生无法判断。他知道所有机械师和伙计的名字，甚至教名吗？你说出这些名字来，他能立刻知道是谁吗？把你的申诉内容整理一下，先捡最重要的说，后讲次要的，也许其中大部分根本都不必讲了。你以前可是跟我明明白白说过的呀！"卡尔自我辩解地想，如果在美国箱子也能偷，那随便说几句谎也不算什么。

要是这番话能有所帮助该多好啊！是否已经太迟了？司炉听到这个熟悉的声音，马上停下不说了，但他泪眼模糊，认不出卡尔了。他感到自己男子汉的尊严受到了伤害，加上那些可怕的记忆和目前所面临的困境，才忍不住哭出来的。卡尔默默地打量着默不作声的司炉，寻思着如何能改变他的叙述方式。对于他来说，一方面好像已经把该说的都说了，可并未获得丝毫认可，另一方面他又似乎什么也没有说，但也不能指望先生们能听他说完了。在这个节骨眼上，他唯一的支持者卡尔还走过来，本想给他出些好主意，结果却让他觉得一切都完了。

卡尔想，要是我当时不看窗外的景色，早点过问这事就好了。他在司炉面前低下了头，双手拍打着裤缝，表示一切希望都泡汤了。

但是司炉误解了卡尔，以为卡尔有好多责备的话要向他和盘托出，恼怒异常，就和卡尔吵了起来。这时，圆桌旁边的先生们终于被这种无聊的吵闹激怒了，因为这种吵闹干扰了他们的工作；主任出纳员越发觉得船长的耐心不可理解，忍不住想要发作；侍者又完全站在主人们一边，用愤怒的目光打量着司炉；对拿竹制手杖的先生，船长时不时用友好的眼光看着他，他早就厌倦了司炉，可以说已经感到厌恶了，于是就拿出一个小笔记本，很明显在忙着别的事情，把目光在卡尔和笔记本之间来往游移。

“我知道，我知道。”卡尔说，努力抵挡着司炉对他的一番长篇大论，而在整个争吵过程中，卡尔的嘴上仍然挂着友好的微笑。“你是对的，没有错，我对此毫不怀疑。”他害怕司炉会打他，恨不得抓住他挥舞的手，可他更想把司炉拉到哪个角落里，悄悄地说几句别人听不见的话，安抚一下他。不过司炉现在已经失控，让卡尔开始感到安慰的是，迫不得已的时候，司炉凭借着绝望挣扎的力量可能征服在场的七个男人。但是，在写字台上还放着一只有很多按钮和指示灯的仪器，只要一只手按动这些按钮就能让整艘船闹腾起来，船上可是有大帮不怀好意的人呢。

这时，那位手持竹杖、原本漠不关心的先生朝卡尔走来，并且问道：“你到底叫什么名字？”那声音并不特别的响亮，但显然压过了司炉的叫喊。他的话音刚落，就响起了敲门声，仿佛有人在门外等着这位先生发言一样。侍者向船长望去，船长点头，侍者走去开门。门外站着一个男人，中等身材，穿着老式的帝国上衣。从外表上看，这个人不像呆在机房工作的，然而他正是舒巴尔。所有的先生们，甚至是船长，都用满意的眼神注视着他。这一切卡尔都看在眼里，也认为这就是舒巴尔了。再说，司炉这时的表情也使卡尔感到惊奇：他的两条手臂绷得紧紧的，双手捏成了拳头，好像这紧握的拳头对他来说是最重要的，他愿意为此牺牲生命。现在，司炉所有的力量，包括支撑着他屹立不倒的力量，都集中在拳头上了。司炉的表现也让卡尔确信来人就是舒巴尔。

就是这个对手，西装革履，精神抖擞，腋下夹着一本账本，其中或许有工资表和司炉的工作证明。他毫不怯场，首先确定各人的情绪，挨个打量每个人的眼神。房间里的七个人都是他的朋友，虽然船长以前对他有所指责，或者不过是找个借口罢了。而司炉告了舒巴尔的状，船长现在似乎认为舒巴尔毫无过错。像司炉这样的人再严厉对待也不为过，如果舒巴尔会受到一点什么指责的话，那就是他没能早一点将其制服，以至于司炉今天还敢于向船长告状。

我们也许还可以这样假设，舒巴尔和司炉的矛盾可以由这群先生来裁决，裁决的公正性也不会亚于在高级法院上的效果，因为舒巴尔再能言善辩也无法死撑到底。只要让他的丑事稍稍曝光，就足以在众人面前揭穿他，卡尔寻思着要如何下手。他大约还是很了解先生们的洞察力、弱点和脾气，就此而言，他觉得这段时间还是有所收获的。要是司炉能表现得好一点就好了，可惜他似乎毫无战斗力了。要是有人把舒巴尔推到他的跟前，那司炉不用老拳把他的头砸扁才怪呢！司炉对他恨之入骨，可现在他却无法朝舒巴尔走去，哪怕走几步也不行。舒巴尔肯定会来，就算他自己不来，也会被船长叫过来的。这种意料之中的事情，为什么卡尔没有预见到呢？为什么卡尔在来这里的路上没有和司炉讨论一个周密的作战计划呢？他们实际上是毫无准备径直来到了这里，真是糟糕！司炉还说得了话吗？还得是在特别有利的情况才会有双方对质的机会，倘若有了这样的机会，他还能回答“是”或者“不是”吗？此刻，司炉站在那里，两腿分开，双膝发抖，头略为抬起，嘴巴里大口大口地喘着粗气，好像他的胸腔里没有肺来换气了。

卡尔倒觉得浑身是劲、头脑清醒，有一种他在家时所不曾有过的感觉。要是父母能看到他们的儿子卡尔在外国，在体面人物面前维护正义，那该多好啊！虽然他还未获得成功，但已经做好准备放手一搏了。他们会改变对儿子的看法吗？会让儿子坐到他们中间，再好好表扬他吗？会看一眼儿子孝顺的双眸吗，哪怕只看一眼？唉，都是些说不准的事情，现在也不是想这些问题的时候。

这时，舒巴尔开口说话了："我来到这里，是因为司炉指责我，说我有些狡诈。厨房里的一个姑娘告诉我，她看见司炉正向这里走过来。船长先生，所有在场的各位先生，对司炉的每条指责我将通过文件来反驳。必要时，我将通过没有偏见、没有利害关系的证人反驳，这些证人就站在门外。"这正是一个男人清晰的言辞，根据听话人的表情变化，有理由相信经过司炉长时间唠叨之后，他们能第一次听到人的声音。先生们当然不会注意到，就是舒巴尔这段漂亮的开场白里也存在着漏洞。说到指责，为什么舒巴尔首先想到的是"狡诈"呢？也许指责应该从"狡诈"入手，而不是什么民族偏见？厨房里的一个姑娘看见司炉到办公室，舒巴尔立刻就明白了是怎么回事，说明什么呢？这不正说明他做贼心虚吗？而且他还将证人带来了，还声称他们都是无偏见的、没有利害关系的人？这是欺骗，纯粹的欺骗！先生们能容忍这种欺骗，还把它当作一种合理行为吗？从厨房里的姑娘向舒巴尔报告，到舒巴尔本人来到办公室，这期间等了很长时间，为什么呢？没有别的，他在等待时机。他就是等着司炉把先生们弄得筋疲力尽、稀里糊涂，丧失清楚的判断能力，这种判断能力正是他最担心的。他肯定已经在门外站了很久了，一直等到他听见有位先生问了一个无关紧要的小问题，认为自己可以抓紧时机打败司炉的时候，他才敲门进来。

一切都很明显，舒巴尔为了掩饰自己故意在表演，可必须得用另一种更切实的方法把他给揭穿，让这些先生们幡然醒悟。好吧，卡尔，趁着证人进来搅局之前赶快行动吧！

但就在这时，船长示意舒巴尔停下。舒巴尔领会到自己的事情要推后一会了，就马上退到一边，侍者也赶紧向舒巴尔靠了过去，他们开始小声地交谈。谈话中舒巴尔不时地斜眼看着司炉和卡尔，自信地打着各种手势，似乎在酝酿下一次讲话了。

“你要对这位年轻人问点什么吗？雅各布先生！”船长平静地向手持竹杖的先生说。

“当然，”这位先生说，他朝船长略微欠身，对船长的关注表示感谢，并再次询问卡尔：“你到底叫什么名字？”

卡尔觉得，这位顽固的先生节外生枝，赶紧把他打发了，才好处理正事。所以他没有像往常一样将护照递过去，而是简短地回答道：“卡尔·罗斯曼。”非要出示护照的话，他还得临时找出来。

“什么，你叫卡尔·罗斯曼？”这位被称为雅各布的先生说道，几乎不敢相信地向后退了一步，嘴角还露出一丝微笑。这时，船长、主任出纳员、轮船军官，甚至侍者，对卡尔的姓名都表示出了惊异之情，只有港务局的先生们和舒巴尔无动于衷。

“什么，你叫卡尔·罗斯曼？”雅各布先生又重复了一遍，朝卡尔走来，腿脚有些僵直，“如果是这样，那我就是你的舅舅雅各布了，而你则是我的亲爱的外甥。”他又对着船长说：“难怪这段时间我一直有这样的预感呢！”然后，他就拥抱和亲吻卡尔，而卡尔一时说不出话来。

卡尔感到雅各布先生松开以后，便客气而毫不动情地问道，“您尊姓大名？”他赶忙转动脑筋，设想这种新情况对于司炉会有什么影响，暂时还没有迹象表明舒巴尔会从中受益。

“你可要知道，年轻人，这是你的福分！”船长说。他认为卡尔的提问有损于雅各布先生个人的尊严。雅各布此时站在窗口，正用手帕轻轻地擦着他的脸颊，很明显，他不想让其他人看见他很激动。船长继续说道：“这位是参议员爱德华·雅各布，他都说了他是你的舅舅了。这一点，你恐怕没有料到吧，你会有一个光辉的前程，要把形势看清楚，保持镇定！”

“我在美国是有一个雅各布舅舅，”卡尔对着船长说，“不过，如果我没有理解错的话，雅各布只是参议员先生的姓。”

“正是如此，”船长充满期待地说。

“我舅舅雅各布，也就是我母亲的兄弟，他的教名是雅各布，他的姓当然和我母亲一样，应该是本德尔迈耶。”

这时，站在窗口的参议员先生恢复了平静，听到卡尔的话，他一边往回走，一边大声喊起来："先生们!"这时，除港务局的官员外，在场的人都大笑起来，有的人似乎深受感动，有的人则表现得讳莫如深。

"我说的可没这么好笑啊。"卡尔想着。

"先生们!"参议员重复说道，"大家都很意外地碰到了一次家人重逢的场面，这并非我的本意，也不是你的真心。所以我必须向大家做出解释，这件事情也只有船长最清楚。"他提到船长时，还和船长相互鞠了一躬。

"我必须认真注意每个字。"卡尔心想。当他朝侧面望过去时，发现司炉渐渐恢复了活力，不禁感到很高兴。

"我常年在美国逗留。我在这里说'逗留'二字，对美国公民来说，不大合适，我是一个地地道道的美国公民了。自从我到了美国，我就和欧洲的亲戚断了来往，这是有某些原因的。但是，现在我不便多说，而且说来也话长，劳神费力。我也害怕有这么一个时候，我不得不跟我的外甥坦诚地说说他的父母和他父母的亲属了。"

"是我的舅舅，没错，也许他把名字改了。"卡尔心里想，一边专心地听着。

"我亲爱的外甥如今被他的父母，确切地说，赶出了家门，就像一只讨厌的猫儿被扔出了家门。我完全不想对我外甥所做的事进行粉饰。他受到了惩罚，但他的错误不过如此，只要简单提一下就可以让人原谅了。"

"这话说得中听，"卡尔想，"不过我可不愿意他当着大家的面说这些事，他也不可能知道这么多，他到底是从哪儿听说的呢?"

"事实上，"卡尔的舅舅继续说道，他同时微微弯下身子，倚靠在支在地面的竹手杖上，这样使得不必要的严肃气氛稍稍有了缓和。"卡尔被一个名叫约翰娜·布鲁默尔的女仆勾引上了。这个女仆大约三十五岁，是勾引，我不想用这个词来伤害我的外甥，但我一时想不出其他恰当的字眼。"

卡尔正在靠近他的舅舅，这时他转过身来，以便看看各位先生听了舅舅这番话以后作何反应。然而大家都在耐心、严肃地听着，没有人笑。总不能初次见面就笑话一个参议员的外甥吧。然而可以这样说，司炉在冲着卡尔微笑，但一来卡尔觉得那是好事，说明司炉恢复了生气，二来他的笑也是可以原谅的，因为还在船舱里的时候，卡尔就一直隐瞒这件正在被公诸于众的事情。

“这个布鲁默尔，”舅舅接着说，“她和我外甥生了一个健康的男孩，教名就叫雅各布，无疑，这是对我本人的怀念。看来，我给这个姑娘留下了深刻的印象，尽管我的外甥只是偶尔向她提过几次，说了一些小事。幸亏她记得我，照我说。卡尔的父母，为了避免支付抚养费，也怕受到丑闻的牵连，就很不负责任地把我亲爱的外甥送到美国来了，像各位所看到的一样，他行装简薄，不像是能在美国立足的样子。我得强调一点，我不太了解他们当地的法律，也不清楚他父母的处境；这个女仆给我写了一封信，几经周折，昨天才到我手里。这封信讲述了事情的全部经过，并且对我外甥的相貌进行了描述，信中还很细心地说明了他所乘坐的轮船的名字。要是没有在美国还会出现的奇迹，这个小伙子只能独立谋生，也许很快就会在纽约港的某个小巷子里穷困潦倒了。要是我有意拿你们消遣的话，我可以给几位念几段那封信里的话。”说到这里，他从口袋中掏出两张写得密密麻麻的大信纸，将信纸摇了摇，“这封信只要念上那么几段，肯定会让诸位印象响深刻的。她写得简单，带点善意的机警，对孩子的父亲充满挚爱。我也不想多讲，浪费大家的时间，只想把事情说清楚。我外甥也许对那姑娘还有感情，我也不愿意破坏。如果他愿意，可以把信拿到房间里，安静地读一下，吸取些教益。房间也会为他准备好的。”

但是，卡尔对那个姑娘没有感情。他隐约记得，她坐在厨房里的碗柜旁边，把双肘靠在柜面上。有时卡尔会到厨房里来，给父母拿喝水的杯子，或者向她传达一下母亲交代的事情，她就会盯着卡尔。有时她在碗柜旁歪着身子写信，还要从卡尔的脸上寻找灵感。有时她用手捂着眼睛，不让卡尔跟她打招呼。有时她跪在厨房旁边她的小房间里，向着木制的十字架祈祷；卡尔经过时，会从开着的门缝里羞怯地看他。有时，她在厨房里转来转去，当卡尔挡着他的去路时，她像女巫一样大笑，然后退回去。有时，卡尔进了厨房，她就把厨房门关上，手抓着门把不放，直到卡尔要求，才放他出去。有时她拿来一些卡尔不想要的东西，一声不吭地塞给卡尔。有一次，她叫了一声“卡尔”，突然地给卡尔打招呼，让卡尔摸不着头脑，然后她就把叹着气又苦着脸的卡尔带进了自己的小房间，关上了门。她紧紧地搂着卡尔的脖子，要卡尔替她脱衣服，她也真的替卡尔脱了衣服，把他弄进了自己的被窝，好像卡尔从现在起就是她的了，她就可以一辈子爱抚他、伺候他。“卡尔，噢，我的卡尔！”她叫着，仿佛她透过被子看到了卡尔，确信自己已经占有了他。而卡尔躺在又厚又热的被盖下，感到不舒服，什么也看不见。看来，这些被盖是专门给他摞上的。她睡到卡尔的身边，想知道他的一些小秘密，但卡尔没什么秘密可跟她说的，她就半开玩笑半当真地生气了。她使劲摇他，将耳朵贴在他的胸口听他的心跳，又把自己的胸脯贴近他的头让他听，但卡尔就是不听。于是她用光溜溜的肚子靠着他的身子，一只手在他的两腿之间摸来摸去，让卡尔大为反感。卡尔用力摇着头和脖子，脑袋滑出了枕头，然后她用肚子顶了他好几次，卡尔觉得她就是自己身上的一部分，也许正因为这样，他这时急需帮助。在女方多次要求再次相会之后，卡尔终于哭哭啼啼地回到了自己的床上。这就是当时发生的一切，而舅舅却对此大做文章。而这个女仆也真是想念卡尔，还把卡尔来美国的事告诉了舅舅。她这事干得还真漂亮，舅舅或许会一再地感谢她的。

“而现在，”参议员大声说道，“我倒要听你当众说说，我到底是不是你的舅舅？”

“你是我的舅舅，”卡尔说着吻了他舅舅的手，又让舅舅吻了自己的额头。卡尔接着说，“我很高兴见到你。不过，要是你认为我的父母只说了你的坏话，那你就误会了。除此以外，你刚才说的话中有些不准确的地方，也就是说，我的意思是说，实际上，发生的事情不全是你说的那样。当然，你离家在外，也不可能什么都洞察得很清楚。我还认为，各位先生与这件事情没有什么关系，即使听到一些与事实有出入的地方，也没什么特别的损失。”

“说得好。”参议员说，然后把卡尔带到了对他们表示关切的船长面前，问道，“您看，我是不是有一个很出色的外甥？”

船长以训练有素的军人风度鞠了一躬，说道：“我很荣幸地结识你的外甥，参议员先生，你们能够在这里相聚也是我们轮船的光荣。

不过这次航行，你外甥屈居下等舱想必很不舒服，可谁又知道，是您的外甥在这条船上呢。不过，我们正在尽最大的努力，使下等舱的旅客能更轻松地旅行，比如至少比美国的航线更为轻松。但是，我们还没有让这样的航行成为愉快的享受。”

“我不要紧的。”卡尔说。

“他不要紧的。”参议员重复卡尔的话，哈哈大笑起来。

“我只担心我的箱子丢了。”卡尔说着，回忆起之前发生的情况，想到还有些重要的事情没有办理。他环顾四周，发觉在场的先生们都还待在原地不动，眼睛注视着他，流露出尊敬和惊讶的神情。只有港务局的两位官员不同，他们严肃而自得的脸上写满了后悔，后悔来得不是时候，对他们来说，现在放在面前的怀表，也许比房间里已经发生的或者可能发生的事情更为重要。

奇怪的是，船长发言之后，第一个向卡尔表示祝贺的竟然是司炉。“我衷心地祝贺你！”他一边说，一边与卡尔握手，想以此表达一些赞赏钦佩之意。正当他要向参议员表示同样祝贺的时候，参议员往后退了几步，仿佛司炉无权这么做，司炉也立马退回去了。

其他人也知道该怎么做了，纷纷向卡尔和参议员围拢过来。连舒巴尔也向卡尔表示祝贺，卡尔接受了并表示感谢。最后，等到大家祝贺完毕，房间里又恢复平静。这时，那两位港务局的官员也走过来，说了两句英语，让人觉得挺滑稽的。

参议员完全沉浸在相逢的愉快当中，兴致勃勃地回忆起所有的细节，向众人讲述。其他人也不仅仅是听着，而且是听得津津有味。他着重说道，女仆在信中提到的卡尔最突出的外貌特征，他都记在他的笔记本上了，不知道什么时候能用上。当司炉唠唠叨叨的使人难以忍受时，他只是为了分散注意力，便拿出笔记本，自娱自乐地把女仆的描述和卡尔的外貌加以比对。当然，女仆的观察并不像侦探那么准确。“我就这样找到了外甥！”参议员用这句话作为结束语，听他的语气，好像还希望有人再次向他祝贺似的。

“那司炉的事怎么办？”在他舅舅讲完最后一句话时，卡尔问道。他认为以他现在的地位，是可以把自己的想法说出来的。

“司炉的事该怎么样就怎么样吧。”参议员说，“船长认为怎样办好就怎样办。我想，司炉的事已经说得够多了，多得过头了。我相信，在座的各位都会同意我的看法。”

“问题不在这里，应该主持公道。”卡尔说，他站在舅舅和船长之间，也许这个位置让他误以为决定权在他的手里。

尽管如此，司炉似乎不再抱有什么希望了。他把双手半插在裤腰带里，由于他心烦意乱、双手哆嗦，竟把衬衣的花条纹给露了出来，可他一点也不在乎。他已将全部苦恼倒出来了，何妨再让别人看看他褴褛的衣裳呢，随后让别人把自己带走好了。司炉想，舒巴尔和侍者在这里是地位最低的，他们会帮他这最后一点忙的。那时，按照主任出纳员的说法，舒巴尔就可以清静了，不会被逼迫得绝望了。船长可以全部雇佣罗马尼亚人，船上到处都说罗马尼亚语，也许情况真的会好起来。不会再有司炉跑到主任出纳员的办公室胡闹，只有他刚才的一阵唠叨给大家留下了美好的回忆，因为这事情，正如参议员所说，间接提供了参议员与他的外甥相认的机会。再说，这位外甥也一再设法为司炉说话，作为报答，卡尔做的已绰绰有余。司炉也想不起再向他提什么要求，而且，就算是参议员的外甥，也比船长要差得远。船长终究会说出一些于他不利的话来，想到这，司炉尽量不去看卡尔，却也不知道往哪看了，因为房间里到处都是敌人。

“你看得太片面了，”参议员对卡尔说，“你说的事情也许涉及到公正，但同时也涉及到纪律。两个方面，且主要是后者，都要由船长来评判。”

“是这样的。”司炉嘟哝着说。谁要是听见了这句话并理解了它的意思，都会诧异地微笑。

“再说，轮船刚进纽约港，船长公务繁忙，我们已经干扰了他的公务，是该离开轮船的时候了。我们不必插手两个机械师傅之间的小争执，太把这些当作一回事了。亲爱的外甥，我完全理解你的处事方式，正因为如此，我有权立刻把你带走。”

船长对舅舅的话并未提出任何异议，只是说：“我马上让人为您放下一只小艇。”这让卡尔感到诧异，显然，船长是把舅舅的话当作他的自谦了。主任出纳员立赶忙冲到写字台，向艇长打电话，传达了船长的命令。

卡尔心里想："时间来不及了，但要是不得罪这些人，我什么也干不成。我也不能抛下我的舅舅，他才刚找到我。船长是很礼貌，但也仅限于此吧。一说到纪律，他的礼貌就荡然无存了。这一点，我的舅舅是说出了真心话。我也不想和舒巴尔说话，我都后悔和他握手。在这里的其他人也无关紧要了。"

卡尔这么想着，慢慢地走向司炉，把他的右手从裤腰带里抽出来，并将它放在自己手里抚摸着。他问道："你怎么不说话呢？为什么要任由别人摆布呢？"

司炉只是皱着眉头，好像他在寻找恰当的表情来表达自己要说的话。他低下头，看着卡尔和自己的手。

"你是受了委屈的，船上没人受到你那样的委屈，我非常清楚。"卡尔的手指在司炉手指之间移动。司炉的眼睛里闪着光，他看向四周，似乎沉浸于喜悦之中，没人会怪他。

"你必须为自己辩护，肯定或者否定，否则人家不知道真实情况。你得答应我这一点，我今后很可能再也帮不上你了。"当卡尔吻着司炉的手时，他哭了。他拉着司炉的苍白的大手贴到自己的脸颊上，如同拿着一件不得不放弃的珍宝。这时，参议员舅舅走到卡尔的身边，硬把他拉走了，哪怕只有一点点强制的意味。

"司炉把你给迷住了。"参议员说，他的目光越过卡尔的头顶，朝着船长望过去，让船长有所会意，"你在船上感到孤单，找到了司炉与你为伴，所以你很感激他，这是值得称赞的。可是，看在我的份上，不要做得太过火了，要学会看清自己的立场。"

房门外响起了一片嘈杂声，可以听到叫喊声，甚至好像有人在使劲撞门。一个水手进来了，有些粗鲁，系着一条女佣的围裙。"外面有好多人！"他叫着，晃动着胳膊肘向周围推，好像他还被人围着。过了一会，他终于缓过神来，要向船长敬礼。这时他发现自己系着女佣的围巾，便将围裙扯下来，扔在地上，大声嚷道："他们给我系上女佣的围裙，真讨厌。"随后，他把脚后跟"啪"的并拢，向船长敬了一个礼。有人忍不住想笑，但船长严厉地说："兴致挺高嘛。外面到底是些什么人？"

"外面是我的证人，"舒巴尔上前两步，说道，"他们举止不当，我恳请船长原谅。每次航行结束，他们就要撒点小疯。”

“立刻叫他们进来!”船长命令道，随即向参议员转过身去，彬彬有礼却急速地说：“尊敬的参议员先生，请您带着您的外甥跟着这个水手离开，他会把您带到小艇上去。我不说您也知道，结识您参议员先生，我是荣幸之至、愉快之至。我希望，很快能有机会和您继续我们这次关于美国舰队情况的谈话，也许那时的谈话会像今天一样，有一次愉快的中断。”

舅舅大声笑了，说：“目前有这样一个外甥对我来说已经满足了。非常感谢您的一番好意，我们后会有期。”他亲切地搂着卡尔，接着说，“这不是不可能，我们下次回欧洲的时候，也许会和您在船上相会。

“那样的话，我可是由衷地高兴。”船长说。于是两位先生握手道别，卡尔则只能默默地和船长匆匆握了一下手，因为船长现在忙于接待大约十五个所谓的证人。在舒巴尔的带领下，这些人虽然有些不知所措，也吵吵嚷嚷地挤了进来。那位水手请参议员先行，然后为他和卡尔开道，他们就在这些躬身致敬的人群中走过。看来，这些善良的人把舒巴尔和司炉之间的纠葛当成一场好玩的游戏。甚至在船长跟前，他们仍然觉得好玩。在这些人中，卡尔也发现了女佣莉娜，她向卡尔挤眉弄眼，还系上了水手扔下的围裙，因为那是她的围裙。

参议员和卡尔跟着水手离开了办公室，接着便拐入一个狭窄的过道，经由过道再走几步就到了一扇小门，再从小门往下是一条短短的梯子，通到为他们准备好的小艇上。艇长跳上小艇，艇上的水手起立致敬。卡尔还站在梯子的第一级上，参议员提醒他下梯子要小心，他却大哭起来。参议员用右手托住卡尔的下巴，拉着他紧紧地靠着自己，用左手轻轻地抚摩着他。他们就这样慢慢地、一级一级地往下走，互相紧挨着走到小艇上。在小艇上，参议员在自己的对面为卡尔找到一个好位置。参议员手一挥，水手们便将小艇撑离了轮船，然后全力划艇。他们刚离开轮船几米远，卡尔就意外地发现小艇正好在主任出纳员的办公室下方。所有三个窗口全都站着舒巴尔的证人，他们非常友好地向小艇挥手告别，舅舅也向他们表示感谢。一个水手一边匀速地划桨，一边朝那群人做了一个飞吻。窗口上那些人中，好像已经没有司炉了。卡尔和舅舅面对面地坐着，两人的膝盖几乎碰到一起了。他紧盯着舅舅，心中不免怀疑，这个人可能永远也无法取代司炉在他心目中的位置。舅舅也避开他的目光，只看着海上的波浪，小艇在波浪里不停地摇晃。